愛は憎しみに背いて

「蘇芳、さん……っ。……ぁあ」

「声、もっと聞かせろ」

「ぁあ……っ」

　後ろを嬲る指に思いのまま煽られ、あまりの愉悦に耐えかねて蘇芳の首にしがみついて顔を埋めた。

愛《あい》は憎《にく》しみに背《そむ》いて

中《なか》原《はら》一《かず》也《や》

ILLUSTRATION
小《お》山《やま》田《だ》あみ

CONTENTS

愛は憎しみに背いて

愛は憎しみに背いて

プロローグ

「す、蘇芳《すおう》さ……っ、……ぁ……っ」

忙《せわ》しない衣擦《きぬず》れの音に、少年の擦れた声が重なった。

周りには青々とした竹が生えており、視界は鮮やかなグリーン一色だった。その色に包まれていると、ここが時間に取り残された場所のように思えてくる。

竹林を出たすぐ近くには日常が広がっているというのに、この場所だけが別世界のようだ。二人が剣道の胴着《どうぎ》に身を包んでいることも、ここに非日常的な雰囲気をもたらす手助けをしている。

「どうした？　怖いか？」

「い、いえ……」

上になっている男のほうは、すでに大人の躰つきをしていた。少年を組み敷いている背中は、胴着を着ていても無駄のない筋肉がついているのがわかる。引き締まった腕は長く、人の肉体がこんなに芸術的な流線を描くものだろうかと思わされるほどだ。

それに比べて、組み敷かれている少年は、まだ完全に大人にはなりきっていない。

そこそこ筋肉はついているものの、まだ全体的に線が細い。声もそうだが、大人と子供の狭間という曖昧《あいまい》な時期に身を置いているのは明らかだ。

だが、その刹那《せつな》的な美しさは性別を越えた魅力がある。

「お前が、そんな声を出すなんてな」

「ぁ……、……あの……っ」

「どうしたんだ？　やっぱり、嫌か？　お前から誘ったんだぞ」

蘇芳と呼ばれた男は、低い艶《つや》のある声で言った。もともといい声をしていると言われているが、欲情というスパイスが加わると途端にエロティックな響きが伴い、耳に蜂蜜《はちみつ》でも流し込まれるかのような淫靡《いんび》さを漂わせる。

少年を見下ろす眼差《まなざ》しには深い闇が潜《ひそ》んでいるようで、男らしく整った外見をいっそう魅力的にしていた。そんな蘇芳に、少年が頬を紅潮《こうちょう》させるも当然だろう。

だが、少年が自《みずか》らこの関係を望んだのは、蘇芳のすぐに見てとれる魅力に惹かれたからという単純な理由ではなかった。二人の間には、そう簡単には測れないものがある。

二人は同じ道場に通う者同士、切っ先を交わす間柄だった。少年は高校生の中では群を抜く実力を持つ剣士で、師範《しはん》代から一目置かれている蘇芳を心底尊敬していた。チャンスがあれば、稽古《けいこ》の相手をしてくれと言ったものだ。

蘇芳のほうも懐いてくる少年を可愛《かわい》く思っており、稽古の時はいつも側に置いた。

そんな相手にこうも慕われて、悪い気はしない。

しかも、少年は誰にでも愛嬌《あいきょう》を振《ふ》り撒《ま》くようなタイプではないのだ。どちらかというと、友達になるまでに時間がかかるほうだというのも、蘇芳はよく知っている。

常に注がれる『憧《あこが》れ』という視線に、別の色が混ざり始めたのは、いつの頃からだっただろう。

最初に気づいたのは、蘇芳のほうだ。

もともと少年は恋愛より剣道に夢中で、そちらの方面には未熟だった。自覚のない淡い恋は、時を重ねるにつれ、いつしか深く大きなものに育っていたのである。

それを少年が自覚し、昔でいう念契《ねんけい》のような関係を望むようになったと知った時、蘇芳は自分のほうがより強く相手を想っていたことに気づいた。

「いいのか？」

「いいんです……。俺、蘇芳さんなら……いいんです」

その言葉からは、ひたむきな想いが感じ取れた。少年が女など入り込めない関係を望んでいるなら、応えてやりたいと蘇芳は思った。

「蘇芳さんの前だけなら、女になってもいい」

「……バカか。俺がお前を女の代わりにすると思ってんのか？」

「だって……」

「可愛いこと言うな。タチが悪いぞ」

「ぁ……、……ぅん……、ん、んぁ……っ」

唇を強く吸うと、明らかにこういう行為に慣れていないという反応が返ってくる。予想はしていたが、実際にそれを目《ま》の当たりにすると言い知れぬ興奮を覚えた。

十六といえば、遊び慣れた者ならすでに女くらい知っている歳だ。

実際、蘇芳が女を知ったのは十五の時である。

蘇芳は決して真面目なタイプとはいえず、医者の息子ということもあり、近づいてくる女は多かった。特に大学に入ってからは、友人から「いい加減にしろ」と忠告されるほどには、とっかえひっかえしてきたのも事実である。

自分のような男が、こんな純粋な少年をどうにかしていいのかと思うが、蘇芳のほうも限界だった。そして、純粋な存在をこの手で穢《けが》すことにも、酩酊《めいてい》していた。

真っ直ぐな瞳を独占できる悦び。

空に向かって一直線に伸びている竹と、自分が組み敷いている少年の姿とが重なる。

「蘇芳、さ……、――ぁ……っ」

風が吹き、周りがざわざわと音を立て始めた。はらはらと落ちてくる笹は、まるで二人の秘めごとを覆《おお》い隠そうとしているかのようだ。

「彰之《あきゆき》……」

蘇芳の唇の間から、愛《いと》しげに少年の名前を呼ぶ声が漏れた。

1

道場から、気合の入った声と割竹が面を叩く乾いた音が聞こえていた。五月の空は青々と澄み切っており、空には絵に描いたような雲が浮んでいる。

『真田《さなだ》道場』と書かれた看板が誇らしげに見えるのは、稽古に勤《いそ》しむ者たちの様子が聞こえるからだろうか。年季の入った物だが、しっかりと手入れがされている。

そこに、看板を眺める一人の青年の姿があった。

背筋はまっすぐに伸び、立ち姿の美しさが目を惹く。長年、武道を嗜《たしな》んできた者が持つ美しさだ。いや、背中にあるのは、潔《いさぎよ》さと言っていいのかもしれない。

そしてその顔立ちも、期待を裏切らないものだった。

すっきりとした目許と、弓なりに形の整った眉。きりりと結ばれた唇。

かなりの色男だ。

陣乃《じんの》彰之は、懐かしい空気を躰全体で感じようとするかのように、ゆっくりと息を吸い込んだ。爽やかな空気で肺を満たすと、道場の敷地内へと足を踏み入れる。

「ごめんください」

声は、外見からも想像できる通り、清涼感のあるものだった。一瞬、薫風《くんぷう》が吹いたかのような錯覚《さっかく》を抱かせる。

陣乃が生まれ育ったこの土地を訪れるのは、約十年ぶりだ。

街の中心からそう離れてはいないが、自然が多く、近くには神社があり、夏になると祭りなどのイベントが毎週のように行われている。最近のことはよく知らないが、陣乃がいた頃は、下町のイメージが多く残る土地であった。

「ああ、こんにちはー。真田師範のお弟子《でし》さん？」

「以前、こちらでお世話になっていた者です」

「やっぱり！　姿勢がいいから、きっと剣道やってた人だと思ったよ。もうすぐ稽古終わるみたいだから、中で見学していくといいよ」

庭木の手入れをしていた初老の男性は、作業の手をとめて陣乃を中に促す。どうやら覚えていないらしいが、陣乃は彼のことを知っていた。この道場の持ち主である真田の父の知り合いで、庭師をしている男だ。

昔から、時々この敷地内の手入れに来ていた。

「失礼します」

陣乃は開いた扉から道場へと入っていき、遠くから中の様子を見学することにした。

目の前では、少年剣士たちが自分の腕を磨き、精神を鍛錬《たんれん》している。しばらくそれを眺め、懐かしさに浸《ひた》った。

「やめっ！」

その声を合図に、それぞれ地稽古をしていた少年たちは、一斉《いっせい》に整列する。そして師範に礼をし、陣乃にも折り目正しく大きな声で挨拶をして更衣室へと入っていった。

陣乃が訪ねてきた男は、胴をつけたまま面と籠手《こて》だけ取って近づいてくる。

「よぉ、陣乃。待たせて悪かったな」

歳は四十後半。角刈りが似合う、いかにも武道を嗜んでいそうなタイプだった。実直という言葉がこれほどに合う男もそういないだろう。

名を、真田静《しずか》という。見てくれからは、想像できない名だ。

「真田先生。ご無沙汰してました」

「中で話そうか。表のほうから自宅へ回ってくれ」

「はい」

陣乃はいったん外に出ると、自宅のほうへ向かった。通されたのは、畳の青さがすがすがしい八畳《じょう》ほどある和室だ。座布団を勧められ、その上に正座する。

「真田先生。これ、少ないですけど……」

「おー、気ィ遣わせて悪いなぁ」

真田は、陣乃が差し出した手土産を受け取り、嬉しそうに顔をほころばせて仏壇《ぶつだん》に供《そな》えた。

地元で有名なシュークリーム店の箱だ。下半分がパイ生地になっていて、バニラビーンズがたっぷりと入っている。およそ甘いものなんて似合わない外見をしているが、真田は酒が一滴も飲めず、甘い物が大好きなのである。

「弁護士になってから、数えるほどしか帰ってきてないんじゃないのか？　こっちに戻ったのも、半年くらい前なんだろ？　今頃ようやく連絡してきやがって、冷たい奴だな」

「すみません。忙しくて、つい」

「しかし、立派になったな。お前、今年いくつになったんだ？」

「もう二十八ですよ」

「そんなになったか。そうか。お前がここを去ってから、十年経ったんだなぁ」

真田は、懐かしそうに目を細めた。

陣乃がこの道場に通っていたのは、小学一年から高校三年までの約十二年間だった。本来なら卒業して大学に入っても通う予定だったが、ある事情により、高三の冬を待たずに道場を去った。その原因となった事件のことを思うと、陣乃は今でも胸が痛み、なんともいえない気持ちに見舞われる。

「事務所の場所は福岡《ふくおか》市内なんだって？　もうこっちには、戻ってこないと思ってたんだがな」

「正直、そのつもりでした。でも、両親ももう歳ですし、近くにいたほうが何かと安心ですから。本当は久留米《くるめ》がよかったんですけど、まだ実績もないですから、先輩の勧めで福岡市内で始めることにしました」

「しかし、その歳で独立とは、すごいな……。弁護士先生だもんなぁ」

「からかわないでくださいよ。貧乏事務所なんですから」

それから二人は、お互いの近況を語り合い、十年の月日を感じさせない時間を過ごした。そしてしばらくすると、真田がおもむろに時計を見て立ち上がる。

「お、もう出掛ける時間だ。すまんな。せっかく来てくれたのに、バタバタしてて」

「いいえ。今日はご挨拶に来ただけですから。ところで、車で来てますんで送りますよ。神社の駐車場に停めてるんです」

陣乃は真田の支度が整うのを待ち、一緒に外へ出た。

先ほどいた庭師はもうそこにはおらず、剪定《せんてい》されたばかりのつつじが静かに太陽の光を浴びている。

青々としたそれに促されるように、ふと足をとめて人のいなくなった道場のほうを振り返った。

チリリ、と胸が痛みを覚え、そっと左の耳朶に手を伸ばす。

そこには小さなしこりがあり、それをいじる癖《くせ》が陣乃にはあった。考え事をする時など、この癖が出てしまう。

「どうだ？　たまには竹刀《しない》を交えてみるか？　向こうでも、時々やってたんだろう？」

「ええ、まぁ」

（もう、忘れたはずなのに……）

陣乃は耳朶から手を離し、ここで竹刀を振っていた頃のことを思い出した。

何も知らなかった少年時代。

人を疑うことを知らなかった時期だ。

一人の男を、ただただ慕い、尊敬していた。

道場の裏に広がる竹林が色鮮やかで、あの頃のことを思い出す。ずっと見ていると気持ちが過去に引きずられそうで、それを断ち切るように踵《きびす》を返した。何かに呼ばれていると感じるほどに、青竹の美しさは陣乃の心を捉えたが、二度と振り返りはしなかった。

神社の駐車場に着くと、真田とともに車に乗り込む。

「ところで、夏休み辺り、道場の卒業生たちと何かしようと思ってな。お前も来ないか？」

「そうですね。時間ができたらぜひ」

「結構おっさんになってる奴もいるぞー」

陣乃は思わず破顔《はがん》した。

真田が気を遣ってくれているのが、わかる。粗野《そや》な外見をしているが、案外、細かいところまで神経が行き届くのだ。根が優しく、人の気持ちに敏感だ。

そんな真田に感謝しながらも、行く気がないことを申し訳なく思った。

これまでも、久留米の実家に戻った時に何度か誘いはあったが、一度も応じたことはない。すべて悟られているのだと思うと、後ろめたさはいっそう募る。

(俺、そのうち罰が当たるな……)

人のいい真田を裏切っている感が、どうしても拭《ぬぐ》えない。

車は、五分も走らないうちに大通りに出た。この辺りから急に交通量が多くなり、周りの様子も一変する。

「──っ!」

突然、目の前に二人乗りの原付バイクが飛び出してきたのが見えた。バイクに驚いた対向車が急ハンドルを切ったため、尻を振りながら陣乃たちの乗った車に突っ込んでくる。

「うわ!」

「……っく!」

衝撃。

同時にフロントガラスが割れる音がし、耳がキィ……ンと鳴る。咄嗟《とっさ》にブレーキを踏んだものの勢いのついた対向車を避けることはできず、まともに追突された。

顔を上げたが目眩がして、今どんな状況なのかすぐには把握《はあく》できない。

車のすぐ傍で、大学生くらいの青年が携帯で救急車を呼んでいる声が聞こえた。


数時間後、陣乃は病院の一室にいた。拳《こぶし》を膝《ひざ》の上に置き、深刻な顔をして座っている。陣乃は打撲《だぼく》程度で済んだが、真田のほうは入院が必要な怪我《けが》を負ってしまった。

「本当に申し訳ありません」

「もういいよ。そう何度も謝るな。お前が悪いんじゃない。お前の反射神経がなければ、もっとひどいことになっていたかもしれん」

「でも……」

「本当にもういいんだって。あっちが突っ込んできたんだ。避けようがないだろうが。お前みたいなのにそう何度も謝られると、なんとなく居心地が悪いんだよなぁ」

真田は冗談めかした言い方をし、困ったように頭を掻《か》いた。

いかにも人のいい男がしそうな仕草だ。

幸い、内臓は無事だったものの、真田は腰と脚の骨を折り、全治二カ月ということだった。ギプスと頭の包帯が痛々しく、責任を感じずにはいられない。信号無視の原付バイクに驚いた車が突っ込んできたとはいえ、ハンドルを握っていたのは陣乃だ。考えごとをしていたのも事実で、それがなければ事故は防げたかもしれない。その可能性を考えると、単純に自分を被害者だと思うことはできなかった。

「しかしお前は、なんでそんなにピンピンしてるんだ？　やっぱり若さの違いか？」

「……す、すみません」

「嘘《うそ》だよっ、嘘っ。冗談だよ。だからそう真面目に取るなって。俺が苛めてるみたいだろう。ところで、相手のほうはどうなんだ？」

「ええ、向こうはワンボックスだったんで、怪我もたいしたことはないそうです。多分一週間くらいで退院できるだろうって」

「そうか、よかった。ところでなぁ、陣乃。頼みがあるんだ」

真田は、窺《うかが》うように陣乃を見た。改まって言われると、つい構えてしまう。

「はい」

「こういう事情だから、通常の稽古はしばらく休みにはするが、道場はできるだけ開放してやりたいと思ってるんだ。もちろん、ちゃんと指導者がいる時だけにするが」

その口ぶりから、真田が陣乃に何かを期待しているのがわかる。

「あの、それはつまり……」

「よかったら、時間が空いた時だけでいいから、稽古をつけに来てやってくれないか？　自分の事務所を開いたばかりで忙しいお前に、こんなことを頼むのはどうかと思うんだが、気晴らし程度にのぞいてくれるだけでもいい。もちろん他の奴にも頼んでおくから、お前は来たい時にちょっと来てくれるだけでいいんだ」

陣乃は迷った。

剣道は、東京《とうきょう》の弁護士事務所にいた時もずっと続けていた。腕はそう衰えていない。竹刀を握ることは随分《ずいぶん》減ったが、子供たちの指導くらいはできるだろう。

そして、何より自分のせいで怪我をした真田の頼みを断るわけにはいかず、陣乃は覚悟を決めた。

「わかりました」

「そうか。引き受けてくれるか！」

「ええ。先生の怪我が治るまで、できる限りの協力はさせていただきます」

陣乃は笑ってみせたが、その笑顔が心からのものではないことは、真田には気づかれているようだ。

気まずい空気が流れ、二人とも黙りこくる。声を抑えて話をする他の入院患者の様子が聞こえてきて、このなんとも言えない空気を助長していた。

先に二人の沈黙を破ったのは、真田のほうだ。

「なぁ、陣乃」

「……はい」

「俺の道場に通うのは、やっぱりつらいか？　嫌なことを思い出しちまうのか？」

なんと答えていいのかわからず、陣乃は口を閉ざした。

ノーと言えば嘘になる。だが、それを素直に認めるのも憚《はばか》られた。過去の傷を笑ってさらけ出せるようになるまでには、まだ時間が必要だ。

今はまだ熱を持ち、膿《う》んでいる。

こうしているだけでも、しくしくと痛むのだ。

「ここも、蘇芳の親父《おやじ》さんの病院だしな。お前、さっきからずっと尻が落ち着いてないぞ」

「そんなことは……」

「嘘をつくな。俺にはわかる。ずっとお前たちのことを見てきたからな。お前は、心底あいつを尊敬して……」

「――先生」

もうそれ以上は言わないでくれ、とばかりに静かに言葉を遮《さえぎ》ると、真田は軽くため息をついてみせた。思っていた以上に、陣乃の傷が深いのだとわかったようだ。

「まだ、蘇芳を恨《うら》んでいるんだな」

その問いは、陣乃にとって痛みを伴わずには聞けないものだ。こんな話はしたくはなかったが、観念して静かに答える。

「……はい」

「やっぱりそうか」

何もかも見透《みす》かしている相手に、いつまでも嘘をつき続けるほど悪あがきをするタイプではない。

陣乃の潔さは、こういうところにも出ていた。

「父から、医師という仕事を奪おうとした人ですから」

その言葉に、真田はつらそうな顔をした。

一緒に自分の痛みを感じてくれる優しさには感謝したが、今の陣乃には、重荷でしかない。

「お前の両親は気の毒だったが、蘇芳のせいじゃない。あれは、蘇芳の親父さんがやったことじゃないか。お前は、そういうことを混同しないはずだろう」

「ええ、わかってます。でも、あの人の父親が、ありもしないセクハラで訴えられそうになった父を、騙《だま》すようにして病院から追い出したのは事実です。友人でもあった父を、自分の病院の名誉のために切り捨てたんです」

「やはり、昔みたいにはなれないか」

さすがにその問いには、戸惑いを覚えた。視線を漂わせ、伏せ目がちに言う。

「……すみません。先生には、俺も蘇芳さんもすごく可愛がってもらったのに、こんなふうになるなんて……。俺も本当は他の卒業生たちみたいに、時々道場に顔を出したりしたかったって、今でも思ってます。でも、どうしても割り切れないんです」

「俺のことはいい。ただ、若い頃に仲間と剣を交えた思い出というのは、かけがえのないものだ。それがつらい思い出になるのは、俺も心が痛むんだよ。お前が裁判で蘇芳と争うことになるかもしれないと思うと、余計な……」

「……っ、先生」

「蘇芳病院と懇意《こんい》にしている人がいてな、その人から聞いたんだ。本当なんだろ？」

まさかそこまで知られているとは思わず、陣乃は焦った。

陣乃は今まさに、蘇芳の父の病院を相手取り、医療過誤の訴訟を起こす意思決定の岐路に立っているところだった。

福岡に事務所を構えて、約半年。

皮肉な偶然だと、自分でも思っている。

「正確に言うと、まだ証拠保全をしただけで、訴訟を起こすとは決めていません。依頼人もまだ迷っている段階ですし」

「そうか。お前、もしかして昔の恨みを晴らすために……」

言いかけて、真田はハッとした顔をする。

「……すまん、そんなわけはないか。ったく、俺は馬鹿だな。お前たちが昔みたいに戻れるようにって思うあまり、変な妄想《もうそう》までしちまって」

「いえ、いいんです。俺こそ、余計な気を遣わせてしまってすみません」

なんとか二人の関係を修復しようとしてくれる真田に申し訳なく思いながらも、自分たちの相容れぬ関係が改善しないことはわかっていた。

実を言うと、真田の指摘はあながち間違ってもいない。

もちろん、陣乃から依頼人に医療裁判をするよう勧めたわけではないが、訴えたい相手が蘇芳の病院と知った時、昔のことを思い出さなかったと言えば嘘になる。

憎い相手だからこそ、たとえ原告側に不利と言われる医療裁判にもかかわらず、自分が立ちあがろうという気になったのかもしれない。

そして、あれほど心を傾けていた蘇芳に対し、憎しみの感情を抱くようになったのは、真田が知っている事件だけが原因ではなかった。

真田が知らない蘇芳との関係があったからこそ、こんなふうにいつまでもこだわっている。

(あの人は……俺を裏切ったんだ)

陣乃は、忘れかけた痛みが激しく疼《うず》き出すのを感じていた。

今でも恨んでいる。あんな関係を望んだ自分さえ呪《のろ》いたくなるほどに、恨んでいる。

自分の心を裏切り、踏みにじった男に対して抱いているのは、激しい怒りだ。

憎くて憎くて、殺したいほどの憎悪を感じたこともある。だが同時に、蘇芳に対するこの感情が別のものではないかと疑ってもいた。強すぎる想いは、どこか蘇芳に傾倒していた頃のものと似ているような気がする。

だからだ。だから東京の大学を選び、卒業後もこの土地には極力近づかなかった。昔の仲間と連絡を取り合おうともしなかった。

思い出してしまうのだ。

蘇芳の声や、体温。息遣い。面をつけて向き合った時の、あの感覚。蘇芳に憧れていた自分自身。その想いに応えてくれた、蘇芳忠利《ただとし》という男の存在を。

すべて蘇芳一色だったあの頃のことが、津波のように押し寄せてきて陣乃を苛《さいな》む。まだ忘れられない自分がいることを思い知らされ、心が疼く。

もしかしたら、忘れたくないのかもしれない。

それを認めたくなくて、そしてひとたび認めてしまうとなし崩しに自分を見失ってしまいそうで、これ以上考えることもできなかった。

「先生。本当に、……すみません」

ようやくそれだけ搾《しぼ》り出し、陣乃は会話を終わらせた。真田もそれ以上触れようとはせず、少し寂しげに頷《うなず》いてみせる。

その時、ドアの磨《す》りガラスに人影が映ったかと思うと、ドアが音もなく横にスライドした。そして、一人の男が部屋へと入ってくる。

「先生。大丈夫ですか？　事故に遭ったたって……」

陣乃は、息を呑んだ。

（蘇芳……）

取り繕《つくろ》う余裕すらなく、動揺を顔に出す。

「彰之……」

昔と同じ呼び方をする蘇芳に、陣乃は戸惑いを隠せなかった。蘇芳も、思わずといったところだろう。自分の言葉にハッとした顔をする。証拠保全のために裁判官とともにここに来た時には顔すら見なかったが、白衣姿の蘇芳を目の前にして、父親と同じ道を進んだのだと改めて思った。

白衣の中は、白いワイシャツとセンスのいいネクタイ。濃いグレーのスラックス。

バランスの取れた躰は昔のままで、少しも変わっていなかった。いや、歳を重ねたぶん、大人の魅力が加わっている。

陣乃は、あの頃の自分が再び目を覚まそうとしているのに気づいた。

殺したと思っていた自分が、ずっと眠っていた自分が、今再び目を開けようとしている。

色鮮やかに蘇る記憶は、陣乃を再び少年の時代へ引き戻していた。


一九九八年、夏――。

その年は記録的な大雪で年が明け、寒の戻りも厳しかったが、そのぶん桜前線の北上も例年より早かった。梅雨《つゆ》に入る前から今年は猛暑になるだろうと言われており、予報通りになった。

寒暖の差が激しいと過ごしにくくもあるが、四季の美しさがいっそう際立つというい一面も持っている。竹林は青々と色づいており、それは目の前に佇《たたず》む道場を静かに見守っているようでもあった。

学校は夏休みに入っていたが、日曜ということもあり、今日の真田道場には商店街のオヤジ連中の姿も多い。

蝉《せみ》が狂騒する声が聞こえる中、陣乃は竹刀を構え、蘇芳と対峙《たいじ》していた。

「えあっ！」

自分に気合を入れ、相手を威圧するための掛け声をかける。

どっしりとした正眼《せいがん》の構え。どこにも隙《すき》がない。

どこから崩していけばいいのか、陣乃は先ほどから攻めあぐねていた。気が充実した蘇芳と向き合っていると、まるで『大いなる静けさ』と謳《うた》われた高千穂峰《たかちほのみね》を前にしているようで、圧倒される。

（――来る！）

ぐん、と間合いを詰められたかと思うと、蘇芳の力強い打突《だとつ》が襲ってきた。それを竹刀で受け止め、鍔《つば》迫《ぜ》り合いに持っていく。面の向こうから注がれる蘇芳の鋭い視線を受けながら、気合で負けてはいけないと、目をしっかりと合わせた。

気合と気合のぶつかり合い。

一瞬の気の迷いが虚を生み、相手に攻撃のチャンスを与える。だが逆に、わざと隙を作り、相手を誘うこともするのが剣道だ。

そんな駆け引きをしながら、相手の出方を見る。

(行ける!)

そう見定めた陣乃は、足を使い、後ろに飛びながら相手の面に叩き込んだ。

「ええーん!」

「えあ——っ!」

次の瞬間、パー……ン、と小気味いい音が道場に響き、陣乃は見事な一本を叩き込まれた。手首の辺りがジンとして、肘まで伝わる。

引き面を狙ったところに打ち込まれた、見事な返し技。

陣乃の完敗だった。

「はぁ、はぁ、はぁ……っ。——もう一本お願いします!」

そう言って元の位置に立つが、陣乃の意気込みを殺す声が道場に響く。

「そこまで!」

陣乃が不満げ振り返ると、真田師範は陣乃を宥《なだ》めるように、もう一度言った。

「そこまでだ、陣乃」

まだ続けたかったが、師範にたてつくわけにはいかない。周りで稽古をしていた者たちも、それぞれ定位置につき、互いに礼を交わしている。

諦め、陣乃も後ろまで下がり、一礼をして終わった。

(駄目だ。全然勝てない……)

無意識に唇を噛んでしまう。

陣乃は、蘇芳に心酔していた。だからこそ近づきたくて、そして自分と蘇芳の間にある大きな差が悔しくてならないのだ。

同年代の中では群を抜いて上手い陣乃だったが、やはり蘇芳レベルにもなると、そう簡単に一本を取らせてはくれない。技術的な面もだが、すでに躰が出来上がっている蘇芳とまだ発育途中の陣乃の打突の強さには、大きな差がある。年齢差というだけの問題でもない。

生まれながらにして持つ、体格の違い。

蘇芳が十六の頃は、今の陣乃よりも遥かに躰が出来上がっていた。

そのぶん、速さで補ってはいるが、陣乃はそれがまた男として劣《おと》っているようで、悔しくもある。

「彰之。ほら、しっかりしろ」

二の腕を掴まれ、陣乃はハッとなった。見ると、すでに面を取った蘇芳が自分を見下ろしている。

「何ぼんやりしてるんだ？」

「え……？」

聞かれて初めて、自分がずっと突っ立っていたことに気づいた。しかも、膝が笑っている。長いこと蘇芳と一対一で打ち合っていたのだ。体力に自信のある大人でも蘇芳の打突を長時間受け止めていると、格段に消耗《しょうもう》する。

まだ十六になったばかりの陣乃なら、こうなっても当然と言えた。

気力だけで立っていたのだろう。

自分でも気づいておらず、真田が呆《あき》れたような顔で近づいてくる。

「少しは休憩を入れろ。お前たち、今日はぶっ通しでやっていただろう。蘇芳も、手加減しろとは言わんが、陣乃の体力もちゃんと見てやれ。無尽蔵《むじんぞう》に体力があるお前とは違うんだ。ぶっ倒れるぞ」

「すみません。こいつに挑まれるとつい……」

「挑発的な目をするからなぁ、陣乃は」

「徹底的に叩きのめしたくなります。真っ直ぐに向かってくるから、余計に……」

その台詞《せりふ》に、周りから笑い声があがった。

陣乃は正座をして籠手を取り、面を外した。いつもは無愛想であまり表情を変えない陣乃が、頬を紅潮させたまま放心しているのを見て、また笑い声があがる。

「蘇芳。お前、いけずやなぁ。陣乃はヘロヘロやないか」

そう言ったのは、頭の禿《は》げ上がった四十過ぎの男だ。この男もかなりの腕の持ち主で、果敢《かかん》に挑んでくる若者をぎったぎったとなぎ倒すのが趣味らしい。

今時めずらしいいくらい骨のある陣乃は、格好の餌《えさ》だ。

「じゃあ、そろそろあがろうか。――整列！」

陣乃に体力が戻ってくると、改めて一列に並び、最後の挨拶をする。それから着替えを済ませ、ぞろぞろと帰る連中に挨拶をして防具を担《かつ》いで家路につこうとしたが、いきなり襟《えり》をクイ、と摑まれて後ろによろけた。

振り返ると蘇芳が立っており、顔を貸せとばかりに道場の裏にある竹林のほうを指さす。

「なんですか？」

「いいから来いって」

陣乃は防具を抱え、誘われるまま竹林のほうへと向かった。

竹刀を握って向かい合っている時とは別の緊張感が、陣乃を襲う。子供の頃から同じ道場に通っているとはいえ、二人きりというのは滅多《めった》にない。

林の中は、昼間だというのに、土を踏みしめる音まで聞こえるほどの静けさだ。

「あの……」

不安になり、声をかけるが蘇芳は答えない。

黙ってついていくと奥のほうに少し開けた場所があり、蘇芳はそこでぴたりと足をとめた。

「彰之」

「は、はい」

「俺は、時々ここに来て気持ちを落ち着けるんだ。ここで自分と向き合う。お前もやってみろ」

防具を足元に置いて目を閉じる蘇芳を見て、陣乃も続いた。軽く息を吸い、心を落ち着ける。

風が吹くと、笹の葉が揺れる音がはっきりと聞こえ、まるで自分たちを見て何か囁《ささや》いているようでもあった。

竹たちが、自分たちの噂話をしている。

だが、不思議と嫌な感じはしなかった。裸にされて自分の本当の姿を見られるのは、あまり気持ちのいいものではないはずだというのに、包み隠さず晒《さら》してしまっていいとすら思ってしまう。

誘われるように、深く、自分の中へと入り込んでいく。

迷いや焦り。自分を落ち着かせなくするものの存在を見つけ、それと向き合った。心を鍛錬することが大事だというのに、目先の勝ち負けにこだわりすぎる自分の愚《おろ》かさに気づかされる。

それから、どのくらい経っただろうか。そっと目を開けると、蘇芳が自分を見下ろしているのがわかった。

「お前が荒れてるのは、玉龍旗《ぎょくりゅうき》で負けたからか？」

図星を指され、返答に困った。

「当たりだろ？」

玉龍旗剣道大会は、男女それぞれ約三日間ずつに亘《わた》って福岡で行われる剣道の全国大会だ。先鋒、次鋒、中堅、副将、大将の五人編成で行われる抜き勝負の団体戦で行われるそれは野球でいうところの夏の甲子園のようなもので、柔道の黒鷲旗と並び、地元の新聞を賑《にぎ》わすほどの大きな大会である。

剣道王国といわれる九州勢としては、この大会は特別で、特に本州からやってくる強豪たちには負けられないという思いがある。

優勝旗である玉龍旗が関門海峡《かんもんかいきょう》を渡るかどうか、毎年そこに注目が集まるのだ。

「お前、十五人抜きで地元の新聞に載ってたじゃないか。一年で十五人抜きやったの、お前だけだったんだろ？　何が不満なんだよ」

「あれは、単に運がよかっただけです」

「運だけでできるか」

「でも、運がよかったのは本当です。先峰だったし、調子もよかったから」

天狗《てんぐ》になってもおかしくないというのに、自分を律するように謙虚《けんきょ》に受け止める姿は、ストイックに自分の道を極める武士のようだった。

だが、常に蘇芳を目標としている陣乃がそう言いたくなるのも、無理はない。

完全オープン戦のため、強豪揃いの中に、実力的に劣る高校が混じる形で第一日目の試合が始まるのだ。つまり、大会初日は五人抜きや十人抜きが比較的出やすい。さすがに十五人抜きともなるとぐっと数は減るが、陣乃ほどの腕をもってすれば、特別めずらしいことでもなかった。

「俺、もう少し早く生まれてたらよかったのに」

「なんでだ？」

「蘇芳さんと同じ高校に行って、一緒に玉龍旗で戦いたかった」

あまりに真っ直ぐな陣乃の思いに、蘇芳は苦笑する。

自分の思いが、ただの憧れの域を越えようとしているなんて、まだ陣乃にはわからないのだ。若すぎて、真っ直ぐすぎて、自分が何を言っているのか自覚してない。

「お前さぁ、俺を買《か》い被《かぶ》りすぎだって」

「そんなことないと思いますけど……」

頭をくしゃっとされ、蘇芳をチラリと窺い見た。

蘇芳は、十六の陣乃から見ると大人びていて、つい目を奪われる。こうして私服に着替えると、防具を身に着けている時とは違う魅力に気づかされるのだ。

黒のシャツにストレートのジーンズ。耳にはシルバーのピアス。シンプルな格好だが、長身で肩幅もあるスタイルのいい蘇芳は、それだけで絵になる。男がピアスなんて、軽薄なアホがやると思っていた陣乃だが、蘇芳がやるとセンスがあるように見えてくるから不思議だ。

すべてが理想だった。

「なんだ？」

「あ、いえ……」

「そんなにジロジロ見られると、気になるだろう」

からかわれて少しバツが悪くなり、目を逸らした。そして、ついポロリと本音を零《こぼ》してしまう。

「……俺、蘇芳さんみたいになりたいんです」

蘇芳は、口許を緩めただけだった。呆れられたのかと思い、面と向かって自分の素直な気持ちを言ってしまったことが、急に恥ずかしくなる。

「なぁ、彰之。竹の花って見たことあるか？」

「え……？」

「七十年に一度だか、百二十年に一度だか、とにかく咲くんだよ。花といっても、雌《め》しべと雄《お》しべしかないような地味なやつなんだけどな。根っこが地下で繋《つな》がってるから、花が咲いたあとは竹やぶ全部が一斉に枯れるんだ」

「へぇ」

「だから、不吉なことが起きる前兆だとも言われてる。一回、世界中の真竹《まだけ》が開花したってことがあったらしい」

「その時は、何か不吉なことがあったんですか？」

「さぁな」

その言葉に、ますます興味をそそられた。謎めいたものは、人の心を惹きつける。

陣乃は、まだ見たこともない竹の花が咲き乱れる姿を想像した。花弁のない、雄しべと雌しべだけのシンプルな花。だが、空に向かって真っ直ぐ伸びる竹には、似合っていると思った。

飾らない美しさを持つ凛《りん》とした竹には、飾らない花が似合う。

「蘇芳さんは、なんでも知ってるんですね」

「そうでもない。お前はさ、俺を買い被りすぎなんだ」

「そんなこと、ないです」

「お前は、道場での俺しか知らないからだよ」

そう返され、また本音が出てしまう。

「道場以外のところでの蘇芳さんも、知りたいです」

言ってしまってから、自分の台詞がまるで女を口説《くど》く男のそれだと思った。

あなたのことが知りたい。

なんて恥ずかしい台詞だろう……。蘇芳もそれに気づいたらしく、クッ、と喉の奥で笑う。頬がサッと赤く染まり、そんな自分にますます羞恥心《しゅうちしん》が湧いた。同級生からは、どちらかというとクールに分類されるタイプではあるのだが、蘇芳を前にするとどうもそれが保てない。

「あんまり知らないほうがいいぞ。そのほうが、俺も都合がいい」

「都合がいいって……」

「そろそろ戻るぞ。ここのことは誰にも言うなよ」

背中を軽く押され、陣乃は蘇芳とともに竹林をあとにする。

ここのことは誰にも言うなよ。

まるで蘇芳の秘密を教えてもらったようで、陣乃は心が満たされた。自分が特別だと言われている気がして、嬉《うれ》しい。

「な、彰之」

「はい？」

「お前、道場以外での俺も、知りたいんだろ？」

意味深な言い方をされ、陣乃は自分の台詞を回収したくなった。

「教えてやるよ」

「え？　あの……」

「明日の夜、空けとけよ。道場以外での俺を、教えてやる」

深い意味はないのだろうが、この時なぜか陣乃は自分の心音がうるさく鳴っているのを感じた。


「へぇ、蘇芳が毎週道場に通ってるって言うから、なんでだろうって不思議だったけど、こんなに可愛い後輩がいたんだ？　だったら行きたくもなるよね～」

「そういえば、弟が欲しかったって言ってたもんね」

翌日。陣乃は蘇芳に連れられて、大学のサークルの飲み会へと顔を出していた。わざわざ稽古のある日に誘って陣乃に道場に行くのをサボらせたのは、自分が尊敬に値しない人間だと見せつけるためだろう。

（大体、蘇芳さんは意地悪なんだよな……）

高そうなダイニングバーはカウンターもあるが、いくつか仕切りのある席が設けてあり、陣乃たちはその一番奥にいた。男女合わせて十人ほどいる。

陣乃は、蘇芳が座っているテーブルと真向かい側の席に座っていた。

「蘇芳が剣道やってるなんて、ちょっと意外～」

「え、そう？　私知ってたよ。車に防具積んでる時あるじゃん」

「そうなの？　初耳ぃ～。ところでさ、陣乃君もっと食べなよ。何か頼んでもいいよ」

「え、……あ、あの……」

「遠慮しなくていいって。この白身魚の香草焼きとか美味《おい》しいよ」

「あの……、じゃあ、それにします」

「あたしチョリソー追加しよっと」

ここに連れてきたのは蘇芳だというのに、ほったらかしにされ、陣乃はどうしていいのかわからなくなっていた。もともとあまり愛想がいいほうではなく、初対面の人間とすぐに打ち解けられる性格でもない。酔えば楽しくなるのかと、ぐい、とカクテルを呷《あお》るが、胃が熱くなり、顔がカッカとしてくるだけで、さして違いはなかった。

そして、蘇芳の隣に座っている女性のほうに目を遣《や》る。

（なんだあいつ……）

不愉快に感じながら、陣乃は再びグラスに口をつけた。

先ほどからずっと蘇芳の隣を占領しているのは、毛先を肩のところでカールさせた肉感的な女性だった。だが、ウエストはしっかりとくびれているし、手首や足首も細い。ぽっちゃりとした唇もセクシーで、いかにも『女のフェロモン』といった感じがする。

ダイエットに勤しむ女性が多いが、案外ああいったのが好きな男も多いのだ。しかも、蘇芳は少し太っているくらいのほうが好みだと聞いたことがあった。

「あの人、蘇芳さんのカノジョなんですか？」

陣乃は、二人の様子をじっと見ながら尋ねた。

「違うと思うけど……」

「でも、なんかアヤシイよねぇ」

「ていうか、奈美《なみ》って絶対蘇芳狙いだよね？」

「私も思ってた。だってさー、絶対蘇芳の隣に座るよね。それに奈美ってさ、筋肉フェチだもん」

陣乃を挟んでそんな会話が始まる。アルコールが入って大胆になっているのか、高校生の陣乃には刺激が強い内容になっていき、それは次第にエスカレートしていった。

「だけど蘇芳って、肩幅あるけどそんなにマッチョでもないよね？」

「あ、知らないの？　脱ぐとかなりイイ躰してるよ。背筋なんてすごいもん」

「嘘っ、見たいっ」

「腹筋も縦横しっかり割れてるよ。ウエスト締まってるし、逆三でバランスいいよ。なんかさー、蘇芳ってエロいよね。声もイイし、ちょっとぞくってする時あるもん」

「あいつ絶対すごそうだよね」

「すごいって何がよ～」

きゃははは……、と笑い声があがる。蘇芳の話で二人が盛り上がり始めると、陣乃は聞かされる会話に、なんとも形容しがたい思いが湧きあがるのを感じた。

（なんだろ、これ……）

自分の知らない大学での蘇芳。

自分の知らない友人に囲まれ、自分の知らない女友達に言い寄られ、自分の知らない時間を過ごしている。自ら望んでついてきたくせに、知らない部分を見てしまうと、もやもやとした気持ちになる。

その理由がわからず、陣乃は自分の中の矛盾《むじゅん》した感情に戸惑っていた。

そして、それを誤魔化《ごまか》すかのように、カクテルのグラスを手に取る。

「でもさー、蘇芳って結構遊んでるよね」

「あんたもそう思う？」

「だってモテるじゃん。蘇芳病院の三男だしさぁ。同じ医大生の中でも、レベル高い。あ、陣乃君、お代わりいる？」

「は、はい」

愛想はよくないが、礼儀正しい高校生が可愛かったのだろう。二人はまるで弟を猫可愛がりする姉のように構ってきた。陣乃のほうも酒が回ってくると、段々世話をされることに慣れてきて、注がれるまま素直に酒を飲む。

気がついた時にはシートを倒した車の助手席に寝かされており、蘇芳がガレージに車を突っ込んでいるところで、飲み会の騒ぎが嘘のように静まり返っていた。

「お。起きたか？」

「ん……、あ。すみません。もしかして、運んでくれたんですか？」

眠ってしまったのかと、ゆっくりと瞬《まばた》きをしながら身を起こす。

「ああ。可愛い顔で寝てたからな」

「からかわないでくださいよ」

「お前、うちに泊まれ。俺が家に電話してやるから」

「いい、です。……帰ります」

「そんなに酔っぱらったまま帰せるか。お前の親父さんとうちの親父って、結構親しいんだぞ。友人の息子に酒なんか飲ませたってわかったら、俺が親父にどやされる。ほら、来いよ」

言われるまま車から降り、家の中へと入っていった。中は、リビングを通らず直接二階に行けるような構造になっており、陣乃は家族の誰一人とも会わずに部屋まで行くことができた。

これなら、誰を連れ込んでもわからないだろう。

（蘇芳さんの部屋だ……）

親が病院を経営しているだけあって、部屋は広かった。授業のレポートでも書いていたのか、机の上にはパソコンが置いてあり、その周りには資料らしき本が積み上げてあった。本棚にも小難しそうな本が並んでいる。

教科書以外はほとんどマンガしか読まない陣乃とは、比べ物にならない。

ベッドに座るように促され、横に寝そべる。

「ここに、カノジョを連れてきて泊めてあげてるんですか？」

「女をこの部屋にあげたことなんてないよ」

「嘘ばっかり」

「ほら。靴下脱げ」

そう言われたが、起きる気力なんて残っておらず、そのまま目を閉じた。

「あ～あ。ったく」

自分の靴下を脱がせてくれる蘇芳に甘え、されるがままに任せる。

(あ、蘇芳さんの匂い……)

ぼんやりと思い、布団に半分だけ顔を埋め、その匂いを吸い込んだ。そして、ダイニングバーで自分を挟んで座っていた二人の会話を思い出す。

案外遊んでいるとか、モテるとか。

竹刀を握っている時とは、まったく違う蘇芳がそこにはいた。

(蘇芳さん、いろいろ遊んでるのかな……)

道場に通う者の中では決して真面目なほうとは言えないが、思っていた以上に自分の知らない姿がありそうで、気になってしまう。

陣乃はもう一度目を開け、隣で着替えを始めている蘇芳を見上げた。あの二人の言った通り、蘇芳の背中はしっかりと筋肉がついていて、その野性美に見惚れてしまう。

「ねぇ、あの人。蘇芳さんのカノジョなんですか?」

「あ?」

「あの髪の毛をくるくる巻いてた人」

「三船《みふね》か?」

「ああ、そう。そんな名前です。奈美って言う人」

普段の陣乃なら、こういうことは聞かないだろう。知りたいと思っていても、口に出して聞くようなことはしない。

意地っ張りの陣乃は、自分の気持ちを人に悟られるのが苦手だった。

「なんでそんなこと聞くんだ？」

「知りたいから」

短く言い、すかさず続ける。

「俺、あの女嫌いだ……」

陣乃は、ゆっくりと目を閉じた。

我《われ》ながら、嫉妬《しっと》に狂った女のような台詞だと思った。実際、ダイニングバーで陣乃は、自分でも気づかないうちに嫉妬の混じった視線を彼女に向けていた。

そんなにべたべたするな、と……。

それは、蘇芳の可愛い者を苛めて愉しむ嗜好《しこう》を刺激し、邪《よこしま》な想いを目覚めさせていた。想いが純粋であればあるほど、己の手で穢してしまいたいという男の欲望を煽《あお》ってしまう。

今、陣乃に注がれている蘇芳の視線にも、そんなものが入り混じっているのは否定できない。

「おい、彰之。寝たのか？」

「うん……、……」

電気を消す音がし、蘇芳の気配が近づいてきてベッドが少し沈んだ。そして、頭を優しく撫でられる。あまりの心地よさにうっすらと目を開くと、自分を見下ろす蘇芳の姿があった。

なんて美しくて、逞《たくま》しい人だろう。

暗がりで見る蘇芳は、日の光の下で見る時と少し印象が違う。大人っぽい色気がいっそう感じられ、蘇芳の彼女になる人は、今自分が見ている蘇芳を見上げながら肌を合わせるんだろうかなどと、およそ普段はしない想像に囚《とら》われた。

（蘇芳、さ……）

己の純粋さがどれほど罪深いものなのかを自覚しないまま、深い眠りに落ちていく。

この時陣乃は、自分が蘇芳にどれだけの忍耐を強《し》いているのかなんて、想像もしていなかった。憧れを抱き続け、尊敬している相手だ。蘇芳ほどの男に迷いを抱かせ、邪な気持ちを呼び起こしているのが自分であると、どうして想像できようか。

陣乃が蘇芳の中に獣《けもの》がいるのを知るのは、これから約一年後のこととなる。


蟬しぐれが降り注ぐ、盛夏――。


陣乃は、高校二年になっていた。

その年は、玉龍旗は優勝こそ逃したものの二年生ながら大将を務めた陣乃の健闘もあって、陣乃の高校は数ある名門校を倒し、見事準優勝を収めた。来年こそはと気力は充実し、やる気が漲《みなぎ》っている。

稽古疲れで襲ってくる睡魔と闘いながら自宅で宿題をしていた陣乃は、シャープペンを置いた。椅子《いす》に座ったまま背伸びをし、大きなあくびを一つする。

そして、ふいに手提げに入れたまま忘れていた本の存在を思い出し、取り出した。

(しまった。まだ持ってたんだった)

それは『武士と念契』というタイトルの小難しそうな本だった。

通学に使うバスの中で、よく見かける外国人の老紳士が読んでいた物だ。いつも病院前のバス停で降りるのだが、バスが発車してからシートの上に置き忘れているのを見つけた。

運転手に預けようと思ったが、どうせ翌日も会うだろうと陣乃はそれを持ち帰ってしまった。そして運の悪いことに、老紳士はあの日以来ぱったりと姿を見せなくなったのである。

「持ってこなきゃよかったな」

捨てるのも忍びなく、陣乃は本をじっと見つめた。

念契。

聞きなれない言葉に少しだけ興味が湧き、陣乃はパラパラとページをめくり、目で文字を追い始めた。真剣に読もうと思ったわけではない。眠気覚ましに、何か別のことをしたかっただけだ。

だが、それがいけなかった。

そこに記されていたのは、濃厚な人間関係だった。

『男同士の恋』『主従関係の絆』『義兄弟の契《ちぎ》り』などという、目次に書いてある意味深な言葉に惹かれ、つい先を読んでしまう。念契を交わすということは、単に肉欲を満たす相手を得るのではなく、心の繋がりがあってこそだということを初めて知った。

男と男が交わす深い友情。

精神的な繋がり。

女には決して入り込めぬ男だけの絆。

自分が決めた相手に身も心も預け、忠義《ちゅうぎ》を尽くす——そういった関係に強く惹かれ、次第にその内容に夢中になっていった陣乃は、貪《むさぼ》るように読んでいた。

そして、ページをめくる手が止まる。

「……っ」

そこには、腰を抱かれ、引き寄せられて唇を重ねる男と男の枕画が描かれていた。浮世絵のような絵だったが、妙な艶《なまめ》かしさを伴って陣乃の目に飛び込んできた。

接吻《せっぷん》という古めかしい言葉の響きにも、なぜかエロティシズムを感じる。

頭の中に浮んだのは、蘇芳の姿だった。

自分が憧れ、尊敬してやまない蘇芳。その気持ちは、この本に書かれてある念契を結ぶ年下の者が持つ気持ちと似ている。

(俺……)

陣乃はこの時初めて、蘇芳に対する自分の気持ちに色っぽい感情があるのだと気づいた。本の中の少年が抱く想いと同じものが、確かに自分の中に、ある。

その時、コンコン、とドアがノックされ、跳ねるように本から目を離した。

「——っ!」

『彰之、夜食食べる?』

陣乃は反射的に本を隠し、ドアを振り返った。心臓がバクバクと音を立て、手に汗が滲んだ。すぐに声が出ない。

『どうしたの？　もう寝ちゃった』

「お、起きてるよ。でも、夜食はいい。……いらない」

『そう？　でもお腹すかない？』

「もうすぐ寝るし」

『そう。クーラーつけっぱなしで寝ちゃ駄目よ』

「わかってる。おやすみなさい」

『おやすみ』

母親が立ち去ると、陣乃は息を殺すようにして足音に耳を傾けた。リビングの扉が開閉する音を確認して、ようやくホッと胸を撫で下ろす。

そして、咄嗟に隠した本をもう一度そっと取り出し、先ほどのページを開いてみた。

一人の侍が、まだ元服《げんぷく》を済ませていない前髪のある少年を抱いている。

（蘇芳さん……）

どう足掻《あが》いても近づくことのできない強さを持つ蘇芳。ただ剣道が強いだけでなく、悪いことも教えてくれる。すべてにおいて、憧れの対象だ。自分だけを見て欲しくて、自分以外の人間に関心など向けて欲しくなくて、ずっと目で追っていた。

（俺、蘇芳さんとそうなりたいんだ……）

それに気づいた時、陣乃は自分の中で何かが弾けたような気がした。

本に書かれている男たちが、羨ましいとすら思った。今は軽蔑《けいべつ》の対象にされがちな関係を、この時代の男たちは『華』だと言い、『たしなみ』だとも言った。

そんな時代に生まれた男たちが、羨ましい……。

ほんの少し前まで煩《わずら》わしいと思っていた本の存在が、今は別の物になっていた。

それから陣乃は、他にも似たような本を探してみた。

文学作品の中にも、男同士の色恋ごとが書いてある本があると知り、そんな本ばかりを読んだ。念契というものに関して知識を得るにつれ、蘇芳との精神的な繋がりを望む気持ちは強くなっていく。

求められたい。自分だけを見て欲しい。強い絆で結ばれたい。

自分の中でどんどん膨《ふく》れ上がっていく感情をどうすればいいのか——陣乃は自分を持て余していた。

寝ても覚めてもとはこのことで、ずっと蘇芳のことばかり考えている。

恋を自覚した陣乃は、これまでのようにただ真っ直ぐなだけでなく、迷いを抱き、困惑していた。

だが、その不安定さが妙な色気となって陣乃を包んでいる。

「どうした、彰之」

稽古の日、陣乃は道場で蘇芳に声をかけられた。

「……あ、いえ」

「なんか変な顔してんな。お前熱でもあるんじゃないか？」

「……っ」

微《かす》かに触れた指先にゾクリとなり、陣乃は反射的に蘇芳の手を払った。そんな自分に驚き目を逸らす。頬がカッとなり、蘇芳の顔をまともに見ることができない。

「ね、熱なんてありません」

こんな態度を取れば、おかしいと思われるだろうとわかっていたが、どうしようもなかった。気まずくて、逃げ出したくなる。

「……そうか」

蘇芳は静かに言い、すぐに手を引いた。内心ホッとしながら蘇芳の顔を盗み見たところで集合が掛かり、いつものように稽古を開始したのだった。


蘇芳は、自分の気持ちに気づいている。しかも、随分前からだ。

あれから数日。陣乃は確信した思いを抱いていた。明らかに変な態度を取ってしまったというのに、特にそれを指摘するでもなく、すぐに手を引いた。しかも、あの時の蘇芳は「やっと自覚したか……」とばかりの目をしていた。

あれは、昨日今日気づいた者の反応ではない。自分が蘇芳に向ける視線の本当の意味を敏感に感じ取り、理解していた。

(気づいてるんでしょう……?)

陣乃は、心の中で訴えていた。

自分の気持ちを知っても、避けようとはしない。だが、何も気づかないフリをする。

それがまた切ない。

もう、自分の気持ちを抑えられなかった。こんな蛇の生殺しのような状態には、耐えられない。気持ち悪いと思うなら、そう言って欲しい。でないと、この想いをどう処理していいのかわからない。

(はっきりさせるんだ)

陣乃は心に決めた。

そして、二学期の始業式の日。道場に出た陣乃は蘇芳の姿を確認すると、真田に断りを入れて道場の鍵《かぎ》を手に入れた。

残暑は厳しく、外からは激しい蟬の声が聞こえてくる。

「蘇芳さん。このあと、稽古をつけてください」

「夕方は師範はいないんじゃないのか?」

「道場の鍵、預かってます。蘇芳さんが一緒なら、六時まで使っていいそうです」

「そうか」

蘇芳はそう短く答えただけだった。

迷惑だと思われたかもしれない——そう思うと胸が疼くが、もう決めたのだ。今日こそはこの気持ちにケリをつけたい。二人きりになると、陣乃はいつものように面をつけ、竹刀を握った。

「お願いします!」

向かい合って一礼し、蹲踞《そんきょ》の姿勢を取ってからスッと立ち上がる。

「やぁっ!」

気合の入った声が、道場に響いた。

「めーん」

「ええ――ん！」

「やぁ――っ」

陣乃は、本気で蘇芳に向かった。

こうして向かっていくことが、自分の気持ちが軽いものではないという証明でもあった。浮ついた気持ちではない。それを知って欲しい……。

やはり、蘇芳は強かった。

どんなに打ち込んでも、隙を見せない。崩れない。

久々にその懐を借りて竹刀を振っていると、無心になることができ、陣乃はなぜ蘇芳を呼び止めたのか忘れるほど、夢中になっていた。

噎《む》せ返るような暑さの中、二人は時間を忘れて打ち合った。

(――行ける！)

蘇芳の竹刀がわずかに下がったところで、すかさず攻撃に出る。

その瞬発力を生かした、鮮やかな飛び込み面。

「ええ――ん！」

だが、逆に抜き胴を決められ、竹刀が胴を叩く小気味いい音が道場に響く。

「はぁ、はぁ、はぁ……っ」

勢いあまって膝をつき、そのまま項垂《うなだ》れる。

もう、足がフラフラだった。

「どうした？　なんでそんなにムキになってるんだ？」

肩を上下させながら振り返ると、蘇芳が面をつけたまま自分を見下ろしていた。よろよろと立ち上がり、その前に立つ。

最近は蘇芳が大学で忙しくなり、道場に顔を出す回数も減っていたため、膝が笑うほど打ち合うのは、久しぶりだった。こうしていると、何もかも忘れてずっと打ち合っていたいとすら思った。

こんなふうに思える相手は、蘇芳しかいない。

「もういいだろ？」

「……っ、まだ……っ、まだ、足りないです」

「馬鹿。そんなになってまで打ち合う必要はないよ。それより、ちょっと話がある」

蘇芳は、陣乃に背中を向けると防具を外して道場を出た。慌ててそれを追いかけ、裸足《はだし》のまま外に出る。

連れて行かれたのは、道場の裏にある竹林だった。

「ここに来るのは、久しぶりだ」

「俺もです」

「お前にこの場所を教えたのは、去年の今頃だったよな」

「はい」

「お前さ、一生懸命なのもいいけど、夢中になりすぎだ。目を閉じて、ちょっと気持ちを落ち着かせてみろよ」

陣乃は言われたとおりにし、ゆっくりと息を吸い込んだ。

澄んだ空気。

それが陣乃を満たす。

さわさわと笹の葉が擦《こす》れる音に包まれていると、心が落ち着いた。もう一度、蘇芳に対する想いがなんなのか、向き合ってみる。

だが、やはり自分の気持ちが変わらないということを思い知らされるだけだった。

これは勘違いや思い込みではない。ただの憧れでもない。そんな軽いものなら、ここまで苦しくはなかった。こうしていると、それがわかる。

目を開けると、蘇芳が自分を見ていた。

「落ち着いたか？」

「はい。でも、落ち着いても、俺の気持ちは変わりません」

「……彰之」

「知ってるんでしょう？」

陣乃は蘇芳を見据えた。

困らせたいわけではなかった。ただ、白黒はっきりさせたいだけだ。もともと、どんなことも曖昧なままにしておけない性格で、それでよく損をする。世の中は白黒できっちりと分けられないことのほうが多いというのに、陣乃はまだそれをよくわかっていない。

「言ってください」

「馬鹿。やめろ」

「どうしてですか？　正直に言ってもらっていいんです。気持ち悪いなら、そう言ってください。そしたら、きっぱり諦めます」

「彰之」

「お願いです。こんな状態のままでいるのは、つらいんです」

そう言った途端、風が強く吹き、竹林がざわざわと騒ぎ始めた。

グリーン一色に染まった視界の中でその音に包まれていると、現実と虚実の境がなくなっていくような錯覚に陥った。

この竹藪《たけやぶ》のどこかに、人ならぬものが息を潜めていそうな気さえする。

「俺の前に姿を現すなって言われたら、そうします」

「やめろ、彰之」

「やめません。俺の気持ち、知ってるんですよね？」

ひとたび自分の気持ちを口にすると、とまらなかった。もう自分を抑えられない。

「気づかないフリで、俺の気持ちを無視しないでください。俺の存在を、殺さないでください」

お願いです。

最後は祈るように心の中で呟き、返事を求める。だが、やはり蘇芳はすぐに答えなかった。目を逸らし、遠くを見ている。

「彰之。お前、自分が何言ってんのか、わかってるのか？」

「わかってます」

「お前はわかってない」

「わかってます」

「お前はなんにもわかってない！」

「そんなこと……──っ！」

いきなり腕を摑まれたかと思うと、陣乃は強い力で引き寄せられ、次の瞬間には、腕に抱き込まれていた。そして、唇を唇で塞がれ、きつく目を閉じる。

（蘇芳さん……っ）

ん……、と甘えたような声があがったのが、自分でもわかった。

乱暴な口づけだったが、蘇芳らしく、陣乃はそれだけで目眩を覚えた。唇が離れてそっと目を開けると、怒ったような蘇芳の顔がある。

「お前は……わかってない。俺がお前をどんなふうにしたいのか、わかってないんだよ。俺が、頭の中で何度お前を……っ」

「……蘇芳、さん？」

「お前は、知らなすぎるんだよ！」

苦しいのは叶わない想いを抱いている自分だと思っていたのに、蘇芳のほうがつらそうに眉をひそめているのを見て、すぐに言葉が出なかった。だが、自分が拒まれているのではないということだけはわかる。

「じゃあ、教えてください」

「！」

「教えてください。知りたいです。蘇芳さんが俺をどんなふうにしたいのか、知りたい」

「……彰之」

「子供扱いしないでください。俺は、ちゃんと自分の行動に責任が持てる。どんなことになっても、後悔なんかしません。もし飽きたら、すぐに捨ててくれたって構わない」

陣乃は必死で訴えた。

浅ましい奴だと思われてもいい。それでも、知りたいことがある。

「その言葉、取り消せないぞ」

「約束します。俺は、蘇芳さんだけです。あなたに、ずっと……――んっ」

最後の言葉は、再び蘇芳の唇の下に消えた。


地面に押し倒された陣乃は、自分に伸し掛かる男の重さに、その存在を実感していた。鍛え上げられた大人の躰は重く、弾力のある筋肉は自分のものとはまったく違う。服を着ているとあまりわからないが、蘇芳の躰は思った以上に筋肉質で逞しかった。

「す、蘇芳さ……っ、……ぁ……っ」

手探りで袴《はかま》の紐《ひも》を解かれ、下半身が外気に晒される。声が上ずってしまうのを、どうすることもできない。

「どうした？　怖いか？」

「い、いえ……」

「お前が、そんな声を出すなんてな」

「ぁ……、……あの……っ」

「どうしたんだ？　やっぱり、嫌か？　お前から誘ったんだぞ」

蘇芳は、低い艶のある声でそう言った。

もともといい声をしているが、こういうシーンで聞かされると、響きがまったく違う。男の声が、こんなに色っぽく響くものなのかと思った。

「本当に、いいのか？」

「いいんです……。俺、蘇芳さんなら……いいんです。蘇芳さんの前だけなら、女になってもいい」

「……バカか。俺がお前を、女の代わりにすると思ってんのか？」

「だって……」

「可愛いこと言うな。タチが悪いぞ」

ひとたび開き直った蘇芳は、意地悪だった。

中途半端なことをしない男だというのは知っていたが、これほどまでに豹変《ひょうへん》し、自分に襲いかかってくるなどとは思っていなかった。だが、蘇芳の新たな一面は、陣乃の内に秘められた情欲という名の魔物を叩き起こす。

「蘇芳、さ……、——ぁ……っ」

風が吹き、周りがざわざわと音を立て始めた。はらはらと落ちてくる笹は、まるで二人を覆い隠そうとしているかのようだ。

「彰之……」

蘇芳の唇の間から自分の名前が漏れるたび、うっとりと見つめ返した。こんなふうに呼ばれるのを、ずっと待っていた気がする。

「馬鹿……、そんな目で、誘うな」

「……蘇……――ぅん……っ」

言葉を発しようとするが、すぐに唇を塞がれ、強く舌を吸われた。息の仕方がわからず、喘《あえ》ぎながら口づけから逃げるように酸素を求めるが、蘇芳の舌は執拗《しつよう》に陣乃のそれを探り当てる。

「ん、んっ。……んぁ、……はぁ……っ、……ぁ……ん、んっ」

次第に頭がぼんやりとしてきて、下半身がとろけた。太腿に当たる蘇芳の屹立《きつりつ》や、獣じみた息遣いに、夢中になる。

もうイきそうだ。

だが、ふいに唇を離され、突き放されたような気分で目を開けた。

「ぁ……」

どうしてやめるのだと、蘇芳の唇を見つめてしまう。こういった経験のない陣乃にとって、お互いに焦らし、戯《たわむ》れてこの行為を愉しむスキルなどない。

だが、そんなところが逆に蘇芳を悦ばせている。

「キスだけで、そんなに色っぽい顔するなんてな。でも、まだこんなもんじゃないぞ」

蘇芳は唾液《だえき》で指を濡らし、陣乃の目を見ながら後ろを探った。

「ぁ……」

顔を見られながらあそこを嬲《なぶ》られることの恥ずかしさに、目許が染まる。目を逸らすが、蘇芳がすぐ近くから自分を見つめているのがわかり、羞恥心はいっそう増した。

「少しつらいぞ」

「ぁう……っ」

指が蕾《つぼみ》をこじ開けると、痛みと苦しみが襲ってきて、息ができなくなる。

「う……っく、……ぅ……っ」

「息をつめるな。ちゃんと吐け」

そう言われるが、どうしていいのかわからず、締めつけていた。拒みたいわけではないのに、上手く受け入れられない。

「んぁ……、──はぁ……っ、あぁ……っ！」

次第に声を抑えきれなくなり、促されるまま喘いだ。

「いいか、彰之。男同士でやるって、こういう、ことなんだよ」

「んあぁ、あ、……あっ」

「お前に、挿れたい。──挿れていいか？」

「……っ、……は、はい」

切れ切れに息をしながら頷くと、すぐにあてがわれる。

「んぁ……、あ、あ、──ぁあぁ……っ！」

次の瞬間、熱の塊《かたまり》が陣乃を貫いていた。

仰《の》け反《ぞ》るようにしながら蘇芳を根元まで受け入れた陣乃は、ただ喘ぐばかりだ。

生理的な涙が滲み、それが目尻を伝って落ちた。

（ぁ……、蘇芳、さ……）

蘇芳が自分の中にいるのがわかる。繋がったところが熱くて、火傷《やけど》をするかと思った。人の体温がこんなにも熱いなんて、初めて知った。

「ぁ……」

「入ったぞ」

揶揄《やゆ》するような言い方に目許が染まるが、そっと視線を合わせる。

「どうだ？　もう、やめたいか？」

「……っ、……いえ……。……やめ、……な、……で、ください」

「そんなに、つらそうなのにか？」

「……はい」

答えるなり屹立したものが躰の中から出ていき、また深く、収められた。その動きに合わせて、蘇芳の口からも荒っぽい息が漏れる。

「うっく、んぁ、あぁ……」

嬉しかった。

蘇芳も自分を求めているのかと思うと、嬉しくてならなかった。本当のところを言うと、諦めていた。きっと、突き放されると思っていた。

それなのに、こうして自分を求めてくれる。

「イイか？」

「はぁ、はぁ……っ、あっ。……んぁ……っ！」

リズミカルになる腰つきに、陣乃の頭の中は次第にぐしゃぐしゃになっていった。自分を激しく攻める腰に手を回し、無意識に指を喰い込ませる。助けて欲しくて、どうしていいか教えて欲しくて、言葉にできない想いをその手で訴える。

だが、陣乃の指が喰い込めば喰い込むほど、蘇芳の腰つきは激しくなるばかりだ。助けてくれと訴えるほど、牡《オス》の欲望は容赦なく牙《きば》を剝《む》き、襲い掛かってくる。

それでも、自分を攻める相手に縋《すが》ることしかできない。

「彰之。イける、か?」

「ぁ……、……っく」

「な、イけそうか?」

何度も聞かれ、陣乃は虚《うつ》ろな目で蘇芳を見つめ返した。

無理だ。

あまりに強い刺激に、躰がついていかない。まだ、苦痛と快楽の区別すらついていないのだ。それでもこんなふうに抱いてくれるのが嬉しくて「自分はいいから……」と蘇芳の目を見る。

しかし、それでは蘇芳が納得しない。

「ダメだ。お前も、イくんだよ」

「でも……、……ぁ……っ!」

中心を握られ、下半身から力が抜けた。

「……一緒に、イキたいんだよ」

その息遣いから、必死で自制しているのがわかる。

先にイッてくれて構わないのに。

そう思うが、自分だけイこうとせずに愛撫《あいぶ》してくれる蘇芳の気持ちが嬉しくて、急激に高まっていく。中心を擦られているうちに、痛みを包み込むように悦楽の波が押し寄せてきて、あっという間に呑み込まれてしまう。

「んぁ……っ」

「どうだ？　イケそ、か？」

「ぁあ……っ。蘇芳、さ……、イき、そ……っ」

「本当、か？」

「はい……、ぁ……っ！　も、イク、――イク……ッ！」

「彰之……っ」

「んぁああ……っ！」

奥を突かれるのと同時に、陣乃は情炎に包まれ、白濁を放った。

ほぼ同時に、蘇芳の屹立が奥で震える。

「ぁ……、はぁ……」

蘇芳は、激しく胸板を上下させながら陣乃に体重を預けた。それを受け止め、陣乃も弛緩する。まだ、中で力強く脈打っているのがわかり、蘇芳自身を感じた。

うっすらと目を開けると、視界全体が鮮やかなグリーンに染まっており、地面に寝そべった格好で上を見ているからか、笹の葉を茂らせた竹が自分に向かって迫ってくるように見える。時折、音もなく笹の葉がちらちらと舞い降りてきて、あまりの美しさに、目を奪われ、放心した。

同じ色に染まって取り込まれそうな気さえしてくる。

「大丈夫か、彰之」

「……はい」

繋がったまま聞いてくる蘇芳に短く答え、ゆっくりと瞬きをした。

なぜだかわからなかったが、涙が一筋零れた。先ほど流した生理的な涙とは違うものだ。

死んでもいい。

そう思えるほど幸福に感じたことなどこれまでになく、どうしていいのかわからない。

「悪かったな。泣くほど痛かったか？」

「いえ……、違うんです。すみません」

「お前が好きだ。知らなかっただろうけど、ずっと可愛いと思ってたよ。ずっとこうしたかった。お前が俺を意識するずっと前からな」

「蘇芳さん」

「今度は、ちゃんと俺のベッドでやろうな」

「はい」

「俺は、相当エロいぞ」

わざとそんなふうに言う蘇芳に、思わず笑みが零れる。

泣いている陣乃を慰めようとしているのだ。蘇芳らしい遣り方にますます幸福感が湧き上がってきて、涙はまた溢れた。

「大丈夫、ですよ。……俺、男だし……」

「そうか」

抱き合っているだけでも、満たされる。

だが、蘇芳は下腹部に力を入れ、陣乃の中でいまだ力強く頭をもたげているそれを、故意にぴくりと動かしてみせた。

「！」

ニヤリと笑い、やんわりと奥を突く。

「ぁ……っ！　……あ、あの……っ」

「俺は、相当エロいっつったろ？」

「ちょっと……、待って、くださ……」

「ゴメン。待てないんだ」

再び腰を使い出す蘇芳に、深い悦楽の中へと引きずり込まれていくのがわかった。抵抗できない大きな力に包まれる。

「今度は、気持ちよく、してやるな」

「んぁっ！　はぁっ、……ん」

「ちゃんとサービスしてやる」

ゆっくりだが、同じリズムで突かれると腰がとろけていき、愉悦の波に自ら飛び込むように、陣乃は再び蘇芳に身を委ねた。グリーン一色に包まれた場所でお互いを求め合い、確かめ合う。誰にも止められない思いが、そこにはあった。

だが、時として運命は残酷なまでに人をその濁流《だくりゅう》に呑み込んでしまうことがある。

この時陣乃は、そう遠くない将来、二人が袂《たもと》を分かつことになる事件が起きるなんて思ってもいなかった。


「え？」

陣乃がそれを聞いたのは、蘇芳と想いが通じ合ってから約一年が過ぎた、高三の夏休みだった。玉龍旗も終わり、受験勉強も本腰を入れてやらなければいけない時期だ。

陣乃は聞かされた話をまだちゃんと理解できず、半ば呆然とリビングのソファーに座っていた。いつも穏やかに笑っている父が深刻な顔をしているのを見て、とんでもないことが起きているのだと悟らされる。

「どういうこと？　病院を移るっていうのは聞いてたけど、父さんがセクハラの疑惑を掛けられてるなんて、聞いてないよ」

それは、陣乃にとって寝耳に水といった話だった。

蘇芳病院の看護師が、セクハラで陣乃の父を訴えると言い出したのは、今年の五月。もちろん、まったく身に覚えのないことだ。だが、二人きりだったため、無実を証明してくれる者はいない。しかも、裁判をするにしても結果が出るまでに時間がかかる。

そうなると仕事はしにくくなるし、家族全員が奇異の目に晒されるだろう。病院としてもそんな問題を起こされては困ると、蘇芳の父は言ったという。そして、責任をもって新しい勤め先となる病院に紹介状を書くことを条件に、病院を異動するよう勧めたのである。

陣乃の父がこの病院を去れば、彼女もこれ以上騒がないと約束していると言われ、それを受け入れた。だが、いざ病院を辞めると、蘇芳の父は手のひらを返したように約束を反故《ほご》にしたのだった。

「お前に心配をかけたくなくてな、黙ってたんだ」

「でも、父さんはそんなことしてないんだろ？」

「もちろんだ。だけどもう、自分から病院を辞めたんだ。罪を認めたと取られても仕方がない。今さら何を言っても信じてはもらえない。多分、蘇芳先生は最初から私を切り捨てるつもりだったんだろう。口約束だったし」

「そんな……っ」

「父さんが間違っていたんだ。無実を最後まで主張しなかった私を、許してくれ……」

深く項垂れる父を見て、陣乃はしばらく言葉も出なかった。父のしたことは確かに間違いだったかもしれないが、家族を守るために選んだ手段だったのだ。

それなのに、家族を思う父の気持ちを利用した。

（そんなの……ひどすぎる）

陣乃は拳をぐっと握った。

「俺、蘇芳さんのお父さんに話してくる」

「やめなさい、彰之。お前が行ってどうなることでもない」

「だからって、このまま黙っておくなんてできないよ」

「彰之！」

家を飛び出し、蘇芳病院へと向かった。

受付で院長である蘇芳の父との面会を頼んだが、外出中だと言われ、二時間そこで粘《ねば》った。そして、外から戻ってきたのを見計らい、エレベーターに乗ろうとしていたところを捕まえる。

「君は……。お父さんに頼まれて来たのかね？」

「いえ。自分の意思で来ました」

「真っ直ぐな目をする子だね」

蘇芳の父はもう何度も見ているが、こうして面と向かって話をするのは初めてだ。口髭《くちひげ》を生やし、恰幅《かっぷく》のいい躰は堂々として貫禄《かんろく》がある。医者というより政治家のようなイメージで、ピンストライプのスーツがよく似合っていた。したたかそうな印象もあり、自分の父を陥れた男なのだと思うと怒りが込み上げてくる。

隣には、コバンザメのようにいつもくっついている田辺《たなべ》という男がいた。病院の経理を任されている男だと蘇芳に教えられたことがあったが、前々から好きになれず、今も澱《よど》んだ目を自分に向けてくる田辺に、嫌な気分になる。

「どうして、父との約束を果たさないんですか？」

「約束？」

「父を切り捨てて、自分の病院を守ろうっていうわけですか？　どうして、父を騙すようにして病院から追い出したんですか？　恥ずかしくないんですか？」

何度も聞くが、蘇芳の父は黙って陣乃を見るだけで、答えようとはしなかった。まるでどこかおかしい人間でも見ているかのように、その視線には哀れみさえ浮んでいた。

蘇芳の父が顎《あご》で陣乃を外に出すよう指示すると、田辺は犬でも追い払うかのように陣乃を病院の外へ連れ出そうとする。

「ほら、こっちに来なさい！」

「嫌だ。離せ……っ！」

「暴れるんじゃない」

「俺はまだ、この人に話があるんだ！」

騒ぎの原因を見にきた体格のいい医者も加わり、陣乃は両脇を抱えられ、引きずられるようにして外へ連れて行かれた。待合室の患者たちが、何ごとかと陣乃を振り返る。

隙を見ていったんは田辺たちを振り払ったが、院内に戻ったところですぐに床に取り押さえられてしまった。暴れようとした陣乃の視界に蘇芳の父のつま先が入ってくる。

「いいかね。これ以上騒ぐと、名誉毀損《きそん》で君を訴えることになる」

顔を上げると、蘇芳の父が冷たい目で自分を見下ろしていた。薄汚いものでも見るような目。足元に縋りつく貧民を見る、支配者のようだ。

「君が言ったことに、証拠はあるのかね？　証明できるのかね？」

「それは……っ」

「だったら黙って帰ることだ。そうしないと、君のお父さんの立場はさらに悪くなる。無実を晴らしたいなら、看護師を相手に訴訟でも起こすことだ」

それができないと知っていながら、平気な顔で言ってみせる蘇芳の父が憎くてならない。悔しくて、立ち去る背中をじっと睨んでいたが、最後にもう一度だけ叫ぶ。

「卑怯者《ひきょう》！」

その声が病院の廊下に響き、陣乃は田辺たちに乱暴に腕を掴まれて外に放り出された。転んだ拍子に手を擦り剝いてしまい、ジンジンとした熱い痛みに包まれる。

顔を上げると、暗闇の中に蘇芳病院の建物が立ちはだかって見えた。


「聞いたよ。お前、引っ越すんだって？」

久々に出てきた稽古の帰り、陣乃は蘇芳を裏の竹林に呼び出した。

この頃になると、父の身に起きたことは比較的冷静に考えられるようになっており、蘇芳がすでに自分の父親の一件を知っていることにも、さして驚かなかった。

「幸い、父さんの元患者さんが力になってくれるって……。小さな診療所で医師がやれそうって。夏休みの間に、越します」

事件を知って以降、まったく連絡が取れなかったため、ようやくそれを伝えることができて少しホッとした。これからなかなか会えなくなると思うと、この土地を去る前にせめてもう一度会いたいと思うのは、自然な感情である。

「どこに越すんだ？」

「久留米のほうです。せめて稽古はこっちに来てしたかったけど、受験生だし、ここからだと結構あるから無理みたいです」

「この時期に転校なんて、大変だったな」

「そうでもないです。俺、結構成績いいんですよ。編入試験がちょうど模試の時期と重なって勉強してたし……」

「そうか」

「はい」

いつもと違う空気を感じながら、そんな会話を交わしていた。陣乃の身に起きたことは、二人の関係をいとも簡単に崩してしまう可能性のあるものだ。

裏切った者と裏切られた者——父親同士の関係だが、その家族にも十分影響を及ぼすような事件だった。

だが、陣乃は蘇芳のことまで憎むつもりはなかった。こうしているだけでちゃんとわかる。蘇芳が好きだ。

「お前、俺が憎くないのか？」

「え？」

「憎いだろう？　俺の親父のせいで、こんなことになった」

思いがけない言葉に、陣乃はすぐに言葉が出なかった。まさか蘇芳がそんなふうに思っているとは予想しておらず、それが痛みとなって胸を締めつける。

「あ、あれは、蘇芳さんのお父さんがしたことです。蘇芳さんは関係ない」

「嘘つけ」

「嘘じゃないです。俺、蘇芳さんを恨む気持ちなんて、持ってません」

陣乃はまっすぐに蘇芳を見た。嘘でないことを、知って欲しかった。

「どうして、そんな目ができるんだ？」

「どうしてって……」

「憎いって言ってみろ！」

「！」

いきなり腕を掴まれたかと思うと、地面に押し倒された。怒りに満ちた蘇芳の目に、心が射抜《いぬ》かれる。

（蘇芳、さん……？）

気持ちを確かめようとしているのなら、応えたいと思った。今はそんな気分にはなれないが、自分の気持ちを証明するためなら躰を差し出すことくらい平気だった。

なぜか、蘇芳が助けを求めているような気がしてならない。

「俺、父さんのことを聞いた今でも、蘇芳さんが好きです。俺の気持ちを疑うなら、なんだってしてくれていい。どんなことされても……。ぁ……、──痛……っ」

乱暴な愛撫に、苦痛の声が漏れた。

快楽どころか痛みばかりが陣乃を襲ったが、それでもされるがまま蘇芳の行為を受け入れた。犯すような乱暴さで無理やりシャツを剝ぎ取られ、ズボンを下ろされて怖くなるが、目をきつく閉じてそれに応じる。

「す、蘇芳さん……。ぁう……っ！　あ、あっ」

無理やり押し入ってくる猛《たけ》りに、悲鳴にも似た声があがった。

「――ぁあ……っ！」

前戯《ぜんぎ》などほとんどなしに最奥まで収められ、痛みに涙が滲んだ。そっと目を開けると、荒い息を吐きながら自分を見下ろす蘇芳の顔がある。

こんな真似をしてまで自分の気持ちを確かめようとしているのかと思うと、どんなことでも許せた。

「俺は……蘇芳さんが、好きです。父さんの、ことは……関係な……――ぁ……っ！」

いきなり激しい抽挿《ちゅうそう》が始まり、息をつめる。こんなに乱暴に抱かれたことは初めてで、次第に考える力を奪われていった。傷ついた陣乃のそこから鮮血が溢れ、それが潤滑油《じゅんかつゆ》の代わりになったが、痛みは薄れるどころか増すばかりだ。

「彰之……っ」

「うっく、ぅ……っ、……ん」

自分を強く抱き締めながら幾度となく突き上げ、耳元で名前を呼ぶ蘇芳にただ身を任せた。いつになく激しい行為に何度も意識を手放しそうになるが、ぎりぎりのところで堪える。そして、くぐもった声が耳元でしたかと思うと、蘇芳は一人で絶頂に向かった。

「ぁ……っ！」

奥で蘇芳が爆《は》ぜ、陣乃は一度も肉体的な快楽を感じることなくその欲望を受け止めた。

「はぁ、――はぁ……っ」

数え切れないほどこの躰に白濁を放たれたが、こんなことは初めてだ。

蘇芳は胸を上下させて、激しく息をした。それを聞いていると意識が薄れていき、ゆっくりと目を閉じる。

それから、どのくらい経っただろうか。

ほとんど気を失うようにして倒れていた陣乃は、蘇芳が身支度を始める音に目を開けた。笹の葉がカサリと音を立てる。

「……っ」

あまりに激しく、強引な行為だったため、まだ自分で起き上がることができない。

「蘇芳、さん……?」

陣乃は、ずっとこちらに背中を向けている蘇芳をぼんやりと見上げた。そして、様子がおかしいことに気づく。

いつもと違う態度。

なぜか不安が湧き上がり、痛む躰に鞭《むち》打つように身を起こして衣服を身に着けた。そして、支度が整ったのを見計らうかのように、蘇芳がようやく口を開く。

「彰之」

「はい」

「別れよう」

「……え」

一瞬、聞き違いと思った。だが、背中を向けたままの蘇芳の態度に、それが現実に放たれた言葉であるとわかった。先ほどから感じていた違和感は、気のせいなどではない。

「どうしてですか？　俺の言葉が、信じられないんですか？　俺は今回のことは、気にしません。蘇芳さんのお父さんがしたことと、蘇芳さんを混同して考えたりはしません」

その言葉に、蘇芳はクッと笑った。

なぜそんなふうに笑うのか、わからない。タバコに火をつけるその背中に、明らかな拒絶の色が見え、蘇芳が父親のしたことの後ろめたさから言い出したのではないと悟った。

信じられなくて、ただ息を呑む。

「俺たちも、そろそろ潮時《しおどき》だ」

「潮時？」

「ああ、そうだ。潮時だ」

「待ってください！」

陣乃は、蘇芳に縋りついた。

「どうしてそんなこと、言うんです？　何があったんです？」

「何があったって？　何もねーよ」

「嘘ですよね。蘇芳さんは、そんなことを言う人じゃない」

「お前、俺を買い被りすぎだ。前から言ってるだろう。それにお前、『飽きたら捨ててくれたって構わない』って言ったよな？」

「……っ」

「──飽きたんだよ」

強い口調で言われ、陣乃は蘇芳の腕を握っていた手から、力を抜いた。呆然としたまま立ち尽くすことしかできない。

「やっぱり、女のほうがいい。お前がなんでもやらせてくれるから、愉しかったけどな」

信じられなかった。とても蘇芳がこんなことを言うとは思えなかったのだ。もしその言葉が本当でも、こんな言い方をするような男じゃない。

「そんなの嘘ですっ」

「嘘じゃない。俺はお前が思ってるような人間じゃない」

「嘘です！」

「嘘じゃねーっつってるだろ」

「嘘、です……っ」

あまりの衝撃に、ただそう繰り返すことしかできなかった。そんな陣乃を、蘇芳は冷たい視線で見下ろしている。

「それにな、彰之。俺は、知ってたんだよ。俺の親父が、お前の親父さんを切り捨てようとしていたこと」

「！」

「知ってて黙ってた」

「いつ、知ったんです？」

「二カ月前だ」

「どうして、黙ってたんです……？」

「どうして？　はっ、変なことを聞くんだな。親父に口止めされてたんだよ。そりゃあお前には言えないだろ。言ったら、計画がバレるもんなぁ」

陣乃は、心臓に冷水を浴びたようになった。信じられない裏切りに、頭がショートしかけている。そしてトドメを刺すかのごとく、さらに冷たい言葉が浴びせられた。

「もう、俺たちの関係も終わりだ。だけどよかったじゃないか。お前の親父さん、診療所で働けるんだろう？　俺もちょうどよかったよ。お前の顔を見なくて済むからな。やっぱり後味悪ぃし。……じゃあな」

軽く手をあげて立ち去ろうとする蘇芳を追おうとしたが、足に力が入らず、その背中が遠ざかっていくのをただ見ていることしかできない。

どうして。

何度その言葉を心の中で繰り返しても、蘇芳の背中が完全に見えなくなるまで声になることはなかった。そして、静まり返った場所に、音もなく笹の葉が落ちてくる。

「う……っ」

小さな嗚咽《おえつ》が唇の間から漏れ、それが涙を誘う。

「じゃあ、なんでこんなことしたんだよっ！」

激しく自分を抱いた蘇芳の感覚が、まだ残っていた。

深く信頼していたぶん、悲しみは次第に憎しみへと変わっていく。

（なんで……こんなこと……っ）

単に飽きられて捨てられるのなら、よかった。最初からそのつもりで告白した。蘇芳の父がしたことと、蘇芳本人とはなんの関係もないというのも、自分の中でちゃんと整理がついている。

だが、蘇芳の父の計画を知っていながら黙っていたのなら、話は違う。

父を騙した男と、あの男は共犯なのだ。

騙した者と、騙された者。

それは何も自分たちの父親に限った話ではなかった。

『だけど、よかったじゃないか。お前の親父さん、診療所で働けるんだろう？』

その言葉が蘇ってきて、陣乃は蘇芳にもらったピアスを外し、それを投げ捨てた。半年ほど前に開けてもらい、ずっと大事にしていた。

「あんたにそんなこと……っ、言われたくない！」

蘇芳も、父を切り捨てたあの卑怯な男と一緒だ。病院でいけしゃあしゃあと知らぬ顔を押し通し、田辺たちを顎で使って自分を追い返した、あの傲慢《ごうまん》な男と同類なのだ。

（……許さない。絶対に、許さない）

陣乃は跪《ひざまず》き、地面に両手をついたまま拳を握り締めた。爪の間に土が入り込むほど強く握り締め、落ちていた笹の葉を摑む。

しばらくそうしていたが、陣乃は何かの気配に気づき、ふと顔をあげた。そして驚きのあまり目を見開く。

「……っ！」

花が、咲いていた。

竹の花だ。

花弁がないせいか、何かが一斉に芽吹くように雄しべと雌しべを伸ばしている。蘇芳は不吉な予兆だと言っていたが、人知れず静かに咲くそれはどこか美しく見え、なぜか悲しみが押し寄せてきて涙が出た。

「ぅ……っ。……っく、……ぅう……」

陣乃は、嗚咽を漏らした。ずっと心を傾けていた相手に裏切られ、あんな形で終止符を打たれたのだ。

蘇芳のことを、そして蘇芳を信じていた自分すらも、深く恨んだ。

2

蘇芳病院の中庭は、のどかな光景が広がっていた。

真田の病室を出た陣乃は、蘇芳に誘われ、二人でそこを歩いていた。あの頃より身長が伸びたからか、目線の位置が少し近づいたような気がする。

慣れない身長差が妙な緊張感をもたらしていた。

中庭のあちこちには患者や看護師の姿が見られ、時折子供の笑い声も聞こえる。この病院が、これから裁判を起こすかもしれない相手だと思うと、少し不思議な気がした。

こんなに平和そうにしているのに、裏では医師の手で患者の命を奪った事実を隠匿《いんとく》しようと、様々な画策がなされている。順調に回復している患者たちには、自分のしようとしていることは、どう映るのだろうかと思った。

少なくともここにいる患者たちは、病院を、そして医師たちを心から信用しているように見える。

「まさか、真田先生の病室にお前がいるとは思ってなかったよ」

「あんな事故を起こして、先生には悪いことをしました」

「対向車が突っ込んできたんだろ？　お前、相変わらずだな」

蘇芳の声を聞くのは、何年振りだろう。

低く艶のある声は昔と変わっていないが、二度とこんなふうに話すことなどないと思っていたため、夢でも見ているような気がする。十年も経つというのに、蘇芳を慕っていた頃の記憶は鮮明で、過去と現実が入り混じって陣乃の心をざわつかせる。

時折目が合うが、冷めた視線で自分を見下ろす蘇芳に、二人の間には埋められない溝があるのだということを思い知らされた。蘇芳にとって自分は過去に捨てた男で、自分の父親の病院を訴えようとしているただの弁護士だ。

いや、過去に躰を重ねたことなど、覚えていないかもしれない。記憶に残っていようが、何度か通りすがった人間のことなど気にしないように、蘇芳にとっては石ころのような存在なのだろう。

白衣を羽織っている蘇芳の後ろを歩きながら、陣乃は少しずつこの状況を受け入れていった。現実を見せつけられたと言ってもいい。

「以前、証拠保全に来たんだってな」

「ええ。証拠隠滅などされては、こちらに勝ち目はないですしね」

「無駄なことをするんだな」

依頼人の日高陽子《ひだかようこ》が陣乃の事務所を訪れたのが、三カ月ほど前。

日高の夫・慶介《けいすけ》が軽い腹部の痛みを訴え、家庭医に診てもらったところ虫垂炎《ちゅうすいえん》の疑いがあると診断されて蘇芳病院を紹介された。病院では薬でしばらく様子を見ようということになったが、その後症状は改善せず、忙しさを理由に痛みを堪えて仕事を続けていた。その間、一週間。

不安に思った依頼人が無理やり病院に連れて行き、一晩入院して様子を見ることになった。陽子はいったん帰宅することになったが、夜中に容体が急変。慶介はすぐにナースコールで看護師を呼んだが、担当医は帰ったあとで呼び出しにも応じず、しばらく放置されることとなる。

次第に増す痛みに耐えられなくなった慶介は、携帯で陽子に連絡をしたのだが、彼女が駆けつけた時にはまともに話ができないほどになっていた。しかも、さらに二時間ほど放置され、ようやく担当医が姿を現したのは明け方近くになってからだ。

結局、腹膜炎《ふくまくえん》を起こしかけていると診断されて緊急手術となったが、エンドトキシンショックで死亡。帰らぬ人となった。

初期の診断に誤りはなかったか、ナースコールをしてからの対応に間違いはなかったのか、その真相はこれから裁判で立証していかなければならないのだが、少なくとも家族と陣乃は、無加療による故意の過失だと思っている。

「うちを相手に、裁判を起こす気か？」

蘇芳は振り返ると、「そんなことをしても無駄だ」とばかりに嗤ってみせた。立ちはだかる男は、竹刀を交える時とは違い、権力を振りかざす傲慢さがあった。

これが、自分を裏切った男の姿だ。慕っていた男ではない。しかし、それなら覚悟もしやすいと、陣乃は強く自分に言い聞かせていた。

こいつは、敵なんだと……。

闘うべき相手が悪であればあるほど、やりやすいというものだ。容赦なく叩ける。全力で倒してやるという気持ちが湧きあがる。

「まだ提訴《ていそ》すると決まったわけではありません。依頼人次第です」

「依頼人がやると言ったら、引き受けるのか？」

「ええ、もちろんです。弁護士ですから」

「医療裁判なんて起こしてなんの得になる。うちには専門の弁護士がつく。お前なんかが太刀打ちできる相手じゃないことくらい、わかるだろう」

「なんとでもおっしゃってください」

「まさか、正義のためなんて言わないだろうな？」

馬鹿にした言い方に、陣乃の口許に皮肉めいた笑みが浮かぶ。

この男は、ずっと遠いところにいるのだ。裏切られたあの日に、すべて決まった。自分たちが袂を分かつこととなった事件は、こんなにも二人を違う場所に導いてくれた。

自分がされたことを思うと、それも当然かと思う。

「それとも、俺や親父に対する復讐《ふくしゅう》か？」

「復讐？」

「俺に捨てられたことを、今でも根に持ってるのか？　まだ、未練タラタラだったりしてな」

「フザけないでください。そんなわけ……」

「そうか？　じゃあ、原告側に不利な医療裁判を引き受けようとしてるのは、どうしてだ？　お前、事務所も立ち上げたばかりなんだろう？　まさか、医療裁判専門の弁護士になろうなんて考えてるわけじゃないだろう？」

「それは……」

「手を引くなら、抱いてやってもいいぞ」

突然のことに、陣乃は声も出なかった。

蘇芳は、まるで「お前の弱点は知っているぞ」と言わんばかりの顔で、陣乃を見ている。

「何、馬鹿なことを……」

「お互い、何事もなかったような顔で話をするのはやめないか？　白々しくて笑えるんだよ」

人を見下したような視線――。

すぐ近くで、子供の笑い声がした。患者の家族だろうか。車椅子に座っている四十代くらいの男性を囲んで、母親らしき女性と子供が、笑いながらボール遊びをしている。

日常的な家族団欒《だんらん》の姿。

「俺の前で女みたいに啼《な》いてたのは、どこのどいつだ？　まだ未練があるから、いつまでも俺の周りをウロつくんじゃないのか？」

「自惚《うぬぼ》れないでください。昔の話です」

「本当に昔の話か？」

「どういう、意味です？」

「お前、可愛かったよ。あそこに何を突っ込んだか、覚えてるか？　俺の言うことなら、なんでも聞いてくれたよな」

陣乃は、顔をしかめた。

この期《ご》に及んで、思い出を穢された気がするのは、まだ未練があるからなのか……。

従順だった自分も、そんな陣乃を愛してくれた蘇芳も、所詮《しょせん》偽りだったのだと思うのは、せめてあの時の自分たちの気持ちだけは嘘ではなかったと信じたいのか。

陣乃は、まだ把握しきれない気持ちが自分の中にあるのを感じた。

あれだけの仕打ちを受けておきながら、まだどこかで自分たちの関係自体は、綺麗《きれい》な思い出として残しておきたいのか――。

それなら、未練など断ち切らなければならない。

「もう、昔の俺じゃないんです」

「そうか？」

「あなたは最低だ」

「そう思うなら、うちの病院から手を引け。もう俺に関わりたくないだろう？」

「嫌だと言ったら？」

「二度と俺に関わりたくないと、思い知らせてやってもいい。お前、医療裁判なんて始めたらどうなるか、わかってるのか？　依頼人にも気をつけるんだな。お前がどんなに頑張っても、依頼人から崩れることだってある。金銭的にも精神的にも、最後まで貫くのは大変だぞ」

「それは脅しですか？」

蘇芳は白衣にポケットを突っ込んだまま、軽く口許を緩ませただけだった。

この男は、命の価値を軽く見ている。人一人が死に、その原因が人為的なものである疑いが浮上しているというのに、真相を確かめようとはしない。事故があった夜、蘇芳は学会出席のため、ここにはいなかったと聞いているが、そんなことは問題ではない。

「脅しかどうかは、いずれわかる」

「俺に何を言っても無駄ですよ」

「そうか。せいぜい頑張るんだな。……じゃあな」

蘇芳の姿が見えなくなると、陣乃は近くにあったベンチに腰を下ろした。そして、大きく息をついてネクタイを緩めると、空を見上げる。

空は気持ちいいほど晴れ渡っており、再び昔の記憶が蘇るのをどうすることもできなかった。

この息苦しさは、誰かを想う時のそれに似ている。

蘇芳だけを見ていた時の気持ちだ。

(絶対、あなたには負けない)

陣乃は、心の中で呟いていた。

これが復讐だというならそれでもいい。確かに、自分の気持ちを踏みにじられたと知った時の悲しみや絶望は、今でも陣乃の心を疼かせ、時として鋭い爪を立てているのだ。

傷は塞がるどころか、赤い血を流し続けている。

「……認めますよ」

自虐《じぎゃく》的な笑みとともに本音を吐露《とろ》し、気持ちを切り替えようと軽く深呼吸をする。

蘇芳の病院を相手取って裁判をすることになったら、弁護士生命をかけてでも潰してやると自分に誓った。蘇芳と過ごした濃密な時間を忘れるには、それが一番だとも思う。

蘇芳を、潰す。

そう誓った時、ポケットの中で携帯が鳴り、陣乃は我に返ってすぐさま電話に出た。

「はい、陣乃ですが」

『もしもし。日高です』

電話の相手は、依頼人だった。裁判を起こすかどうか、もう一度考えてから連絡をするよう言ったのが、十日ほど前――。

そろそろ答えが出る頃だろうと思っていたところだ。

『すみません、連絡が遅れまして。なかなかふん切りがつかなかったものですから』

「いえ、しっかり考えて頂いて構いません。中途半端な決心では、この先裁判を闘うことなんてできないですから……。それで、答えは出ましたか？」

『はい』

依頼人は、静かだがしっかりとした声で返事をした。

携帯を握る手に、無意識に力が入る。

『主人の無念を晴らして頂きたいと思います』

「それでは、提訴に踏み切ってよろしいんですね」

『はい。先生、よろしくお願いします』

その言葉は、ずっしりと重く圧《の》しかかってきた。

これまでいくつもの裁判を手掛けてきたが、今回は少し違う。医療という難しい分野に素人の自分がメスを入れるのだ。しかも、被告側には、専門の弁護士がつく。つけ焼刃で身につけた知識だけでは、とうてい太刀打ちできないだろう。

はじめから不利とわかっている裁判を、どう闘い、どう勝利を摑むか。

陣乃は依頼人の都合を聞き、二日後に事務所で会う約束をして電話を切った。

軽く息をつき、先ほど蘇芳が向かった病棟のほうへ視線を向ける。そして、白衣の裾を翻《ひるがえ》しながら歩いていく蘇芳の後ろ姿を思い出した。

私情を交えていないと言えば、嘘になる。

だが、もう戻れないのだ。ここまで来てしまったからには、突き進むしかない。

「これで、あなたとは本当に敵同士です」

陣乃はそんな言葉を残して、病院をあとにした。


蘇芳と再会して二日。

陣乃は、用事を済ませてから昼過ぎに自分の事務所へ向かった。

陣乃の弁護士事務所は築二十年のビルの古びた中にあり、エリートというイメージからかけ離れた趣があった。弁護士の中には大企業の専属となり、高層ビルの一室に自分専用の部屋を用意させて巨額の報酬《ほうしゅう》を貰っている者もいるが、陣乃はもともとそんなものは望んでいない。

裁判のために必要な医学文献を収集するため、インターネットを使ってあらかた欲しい専門書の目星をつけ、メモに残した。さらに外国語による文献検索のデータベースにアクセスして、溢れる書物の中から該当《がいとう》の文献をピックアップする。

これからは、専門書との格闘が続くだろう。

陣乃はしばらく資料集めの下準備に没頭していた。

依頼人が事務所に姿を現したのは、一時間ほどしてからだ。

「どうぞ。お待ちしてました」

「すみません、遅くなりまして」

依頼人の日高は、三十代に手が届こうかという女性だった。少し疲れた様子で化粧気もないが、目鼻立ちがはっきりとした美人だ。彼女の身に不幸が降りかかっていなければ、今頃、夫婦で食卓を囲んで笑っていたに違いない。

そう思うと、なんともいえない気持ちになった。

ソファーに座るよう促し、ティーバッグのお茶を出して自分も向かいに座る。

「浮かない顔をされてますね」

「先生にお電話をしてから、急に実感が湧いてきまして……。私なんかが、あんな大きな病院を相手に裁判を起こすなんて……」

「何度も申し上げてますが、医療裁判というのは通常の裁判よりもかなり大変なものになりますし、生活も一変します。精神的な負担は想像以上です。しかも、勝つ見込みも低い。時間はまだあります。また気持ちが揺れ出したようなら、もう少し時間を置いてもいいんですよ」

「いいえ、弱気なことを言ってすみません。でも覚悟はできました。慶ちゃんの……夫の無念を晴らしたいんです。自分たちのミスを隠蔽《いんぺい》して平気な顔をするなんて、人として許せないんです」

「わかりました。正式にご依頼を受けましょう。報酬の件は、以前ご相談させて頂いた通りで」

彼女の決意が固いことを知り、陣乃は立ち上がって机の引き出しから証拠保全を通じて入手した資料を取り出して広げた。カルテはもちろんのこと、看護記録などの文書類、レントゲンなどを複写したフィルムやカメラマンに撮らせた写真もある。

医療記録は、争点となる案件の証拠を病院側が握っているため、カルテの改ざんなどができないよう、裁判官や書記官たちとともに、弁護士が病院に出向いて同じものを入手する。しかし、依頼人が陣乃の事務所に辿《たど》り着くまでに時間がかかった。何人もの弁護士に相談したが医療裁判は勝つ見込みがないと言われ、半分諦めていたというのが大きな原因だ。

それに加え、証拠保全の申請を行うと、裁判所から事前に病院側に連絡が入るため、この時点で改ざんや隠蔽のための工作が行われるケースもめずらしくない。

依頼人が思いつめたような目をしているのに気づき、陣乃は手をとめた。

「どうされました？」

「いえ、あの……陣乃先生。本当に、先生を信用していいんですよね？」

陣乃は安心させてやろうと彼女のところに戻り、ソファーに座った。

「他に請け負ってくれる弁護士がいれば、そちらにご依頼することも可能です」

「それは……」

「不安なお気持ちはわかります。前にもご説明しましたが、私の父は以前不名誉なことで蘇芳病院を追われています。もしかしたら、相手の弁護士はこのことを持ち出すかもしれません。今回の裁判とは直接関係のないことですが、話の出し方次第では、悪い印象を与える材料とも言えます。ですが、クライアントとの信頼関係なしには、裁判は乗り切ることはできません。いいんですよ、もう少し時間が必要なら待ちますから」

陣乃の言葉に、彼女は失言だったというように済まなそうな顔をした。責めるつもりはなかったが、彼女の良心は今、激しく疼いているのだろう。

「いえ、失礼なことを言って申し訳ありません。不安で、つい」

彼女の言い分ももっともだと、黙って頷く。

「失礼なんてことはありません。わたしが信用できる弁護士だと思えるまで、とことん疑ってかかるのも裁判を闘うには必要なことです。誰もが経験することではないですし、不安になるのは当然のことですから。ですが、一度やると決めたら全力を尽くします。それだけは、約束しますので」

「ありがとう、ございます。先生だけが、頼りです」

再度、自分が提訴の手続きをする弁護士でいいのか意思確認をし、彼女がもう大丈夫だと言うと万年筆を手に取った。

これからが、正念場だ。

「では、記憶が新しいうちに、もう一度当時の様子を聞かせてください。ご自分でつけられたメモはお持ち頂いてますね？」

「はい。先生に言われて、できるだけ詳しく当時のことを書いてみました」

「それがあると助かります。もう一度さらってみましょう。足りない部分もあると思いますので、それは質疑応答の形で補っていきます」

陣乃は、彼女の証言と当時の看護記録に喰い違いがないか、検証を始めた。

約二時間――。

どんな小さなことでも、記憶に残っていることはすべて書き出し、それをもとに何度もその夜の出来事を復習した。繰り返していくと意外に忘れていたことも多く、最初に書き出したものよりも、随分と量は増えていた。

こんな地道な作業の積み重ねが、重要になってくる。

「では、今日はこの辺にしましょう。さぞかしお疲れになったことと思います。自宅に戻ってゆっくりされてください」

「はい」

「長い闘いになると思いますから、我慢をせずに、つらい時は言ってください。一緒に闘うのですから……」

「ありがとうございます」

彼女は座ったまま、深々と頭を下げた。膝の上に置かれた手を見ると、爪の生え際にささくれができているのが見えた。荒れた手は、彼女の心そのもののように見え、胸が痛む。

「先生。私が慰謝料《いしゃ》目当てだって思われますか？」

「え……？」

「私がいろんな弁護士の先生を訪ねていることは、ご近所でも噂になってて、そんなことを言う人もいるんですよ。この前も、そういうニュアンスのことを面と向かって言われました。私は、主人の命を奪った病院に、ちゃんと謝罪して欲しいだけなのに」

彼女はいつも持っている手帳に挟んである写真を取り出し、いとおしむような目をしながら指でそっと撫でた。夫との写真だ。

依頼人が初めて事務所を訪れた時に、見せてもらった物である。

一年ほど前に撮ったとは思えないくらい、今の彼女の印象は変わっていた。写真の中の彼女は、実際の年齢より随分と若く見え、潑溂《はつらつ》としている。

通りすがりの人にでもシャッターを押してもらったのだろう。動物園のゴリラの檻《おり》の前で、二人揃って満面の笑みを湛《たた》え、学生のノリそのままにゴリラのポーズを取っている姿は幸せそのもので、大学生の頃からのつき合いだという二人らしい写真だと思った。

この中に写っている彼女の幸せは、もうここにはない。

どんなに強く願おうとも、大事な人が彼女のもとに帰ってくることはないのだ。

「大丈夫ですか？」

「……え？」

「我慢しておられるようなので……」

「ええ、正直不安ばかりで……。今まで、ずっと主人に頼ってきたものですから。でも大丈……、……う……っ」

ずっと堪えていたのだろう。日高は急に嗚咽を漏らし始めた。

記憶を辿る作業は、自分の夫がどんなふうに死んでいったのかを思い出させる作業でもある。やはり、身を引き裂くような痛みなしにはできなかったのだろう。

一人で重大な決断をしなければならない今の状況も、夫との幸せな日々を思い出させて悲しみをいっそう大きくしたのかもしれない。それに加え、世間の冷たい目――。

心ない人たちの噂話は、予想以上に依頼人の精神を蝕《むしば》んでいるのだろう。

「すみません……っ」

彼女は、何度もそう口にした。

小さく震える肩。

それを見ているだけでも、陣乃はなんとも言えない気持ちになった。かけがえのない者を奪われた悲しみが、心に流れ込んでくるようだ。

なんとかしてやりたい。

陣乃の心にあるその気持ちが、ますます大きくなっていく。

「周りの雑音に耳を傾けてはダメです。あなたは間違ったことはしてないんですから」

「はい。……っ、そうですよね。……わかってるんです。ぅ……っ、ぅぅ……っ」

どう慰めていいのかわからず、彼女が落ち着くまで側にいることしかできなかった。愛する者を失ってすすり泣く声は、静かな事務所を悲しみでいっぱいにする。

ひとしきり悲しみを放出すると、少しは楽になったのか、日高は涙を拭きながら顔を上げた。

「本当にすみません。取り乱してしまって」

「いいえ。私の前でよければ、遠慮せずに思いきり泣いてくださって構いません。ため込むと、いつか崩れてしまいますから」

陣乃の言葉に、依頼人は深々と頭を下げた。そして軽く深呼吸すると、しっかりとした視線で陣乃を見て、もう大丈夫だと言う。

「では、先生。よろしくお願いします」

「駅まで送りますよ。近道があるんです。今日は天気もいいですし、丁度ツツジが綺麗な時期ですから、表通りを通るより気分も晴れますよ」

少しでも元気づけたいと思い、陣乃は彼女とともに事務所を出た。晴れ渡った空には雲一つなく、穏やかな日差しは心地よい。美しい花々と新緑を目にしたおかげか、日高の表情は先ほどよりも和らぎ、笑顔も零れた。

しかし時折、蘇芳の姿が脳裏《のうり》に浮かび、陣乃たちを嘲笑《あざわら》う。

「先生。送って頂いてありがとうございました」

「いえ、お気をつけて」

彼女が人波に紛れてホームへと消えても、陣乃はしばらくそこに立っていた。

この裁判は、何がなんでも勝たなければ——自分に言い聞かせて踵を返した。歩いていると蘇芳の顔が浮かんできて、再び無力な人間を嘲笑い始める。

そして事務所の入ったビルが見えるところまで来た時、陣乃はおもむろに足をとめた。

「……っ！」

一台の車が、ビルの前に停まっていた。見慣れない車だ。しかし、ボンネットに軽く尻を乗せ、タバコを吹かしながら陣乃の事務所を見上げている男のことは、よく知っている。

蘇芳は陣乃に気づくと立ち上がり、タバコの火を消した。

「よぉ」

いいスーツだった。オーダーメイドなのかもしれない。通行人の女性の視線が、蘇芳にチラリと向けられるのがわかる。

「何惚《ほう》けてやがる」

陣乃はすぐに反応できず、蘇芳が目の前に来るまで声すら出すことができなかった。

「ここがお前の事務所か……。狭いな。貧乏事務所じゃねぇか。金は大丈夫なのか」

蘇芳は事務所に入ってくるなり、中を見渡しながら容赦ない言葉を放った。だが、確かに言われた通り、お世辞《せじ》にも綺麗な事務所とはいえない。机の上には資料が散乱している。

「ここは、客に茶も出さないのか？」

「あなたには、水一滴出しませんよ。何しに来たんですか？」

「お前の顔が見たくてな」

「……っ」

「嘘だよ」

クッ、と蘇芳が喉の奥で嗤うのがわかり、動揺してしまった自分に舌打ちしたい気分になった。しかし、そんな気持ちもすぐに薄れる。

冷静に考えると、蘇芳のこの行動には蘇芳の本心が隠されているとも取れるのだ。ここまで自分を気にするのは、身辺を探られたくないという思いの表れなのかもしれない。

「やっぱり、提訴されると困るんじゃないですか？　わざわざこんなところまで敵情視察なんて」

蘇芳は、陣乃の言葉にはまったく反応しなかった。ソファーに座り、タバコに火をつけると来客用の灰皿を汚す。タバコの先から煙があがっており、この静けさを助長するようだ。

窓を閉め切った事務所に風などなく、細く伸びたそれは目線の位置にくると、部屋の風景に溶け込むように広がって消えていく。

「本気で提訴するつもりか？」

「答える必要はありません」

陣乃は、蘇芳の目的がなんなのかを考えていた。まさか、自分を懐柔《かいじゅう》しようというわけではないだろうが、意図がわからないだけに、滅多なことは言えない。

息苦しかった。

蘇芳がタバコを咥《くわ》えたまま、じっと自分を見ているのがわかり、二人で同じ空間を共有していることを耐えがたく感じる。探るような視線を浴びていると、裸にされ、自分の本当の姿を見られているような気分になった。

この感覚は、ずっと前にも味わったことがある。蘇芳に連れて行かれた竹林で味わったのと、同じなのだ。あの場所では、隠し事など何一つできない。どう誤魔化そうが、すべて暴《あば》かれる。

それでもあの時は、包み隠さず晒してしまっていいと思ったというのに、今は蘇芳の視線から逃れたい思いのほうが強い。

迷いがあるからなのか――自分の気持ちを推《お》し量ってみる。

「……お前には無理だ」

ぽつりと、蘇芳の口からそんな言葉が零れた。

「どうしてそう思うんです？」

「お前みたいな半端な奴に何ができる？」

中途半端な奴と言われて、確かにそうだと思った。

蘇芳を自分の事務所に入れてしまったのは、完全な失敗だ。まさか蘇芳が事務所まで来るとは思っておらず、動揺して招き入れてしまった。あそこで追い返せなかったのは、自分の弱さでもある。昔の男に「ここを開けろ」と言われれば、己に立てた誓いをあっさりと破り、何かに期待するように扉を開けてしまう――本当に、馬鹿なことをした。

「依頼人は、慰謝料目当てなんじゃないのか？」

「――っ！」

陣乃の脳裏に、先ほど自分の前で啜《すす》り泣いた依頼人の姿が蘇る。

死ぬ必要はなかった夫を医療過誤という人為的なミスで失い、謝罪すらしてもらえない彼女の気持ちを思うと、自分のことのように腹立たしかった。ただ、病院側に自分たちの非を認めて欲しいだけだというのに、あらぬ中傷を受け、白い目で見られ、加害者である病院側からも「金目当て」だと侮《ぶ》辱《じょく》される。

蘇芳の言葉は、決して許されるものではない。

「あなたたちのように、世の中がすべて金だという考えじゃない人もいるんです」

「へぇ、ご立派なことだな」

「帰ってください」

陣乃はツカツカと歩み寄ると、蘇芳の口からタバコを奪い、灰皿で乱暴にもみ消した。ここで感情的になれば蘇芳の思うツボなのだろうが、どうしても感情を抑えることができなかった。

「これ以上、あなたと話をする気はありません」

蘇芳を上から見下ろし、出て行けと目で訴える。すると蘇芳は「何を本気になっているんだ」とばかりに、ふと口許を緩めた。しかしすぐに表情は引き締まり、陣乃を睨み上げるように見据える。

「いいか。これだけは覚えておけ。どんなことをしても、阻止してやる。傷を大きくしたくなければ、早めに手を引くことだ」

貫くほどの強い視線。そこには、意思の強さがあった。これが、蘇芳忠利の本当の姿だと思わされるような態度に面喰らい、圧倒すらされていた。これほどの強さがあるのに、なぜそれが患者を守るために使われないのかと思うと、悔しさもひとしおである。

変わってしまった蘇芳に感じるのは、まだ捨てきれぬ想いにも似た苛立ちだった。

「ちょっと待ってください。先日とお話が……」

午後四時を回る頃、静まり返った事務所で陣乃は受話器を強く握りしめながら、身を乗り出すような格好で机に手をついた。

その日は朝から裁判の準備で事務所に籠《こも》っており、一歩も外に出ていなかった。疲れは溜まっているが、一つ一つの地道な作業が勝利への近道だと思うと、気力は衰えるどころか逆に漲ってくる。

しかし、目の前に立ちはだかる壁は、予想以上に高かった。

『事情が変わったんですよ。とにかく、わたしはご協力できません』

「そんな……。せめてどうして事情が変わったのか、教えてください」

『わたしにそれを言わせるんですか？　頭のいいあなたなら、おわかりになるでしょう？』

陣乃の電話の相手は、ある大学病院の准教授だった。

今回のケースについて、緊急手術に至るまでの医者の判断が正しかったのか、死因に直接関係する落ち度がなかったかどうかを検証する必要があるため、陣乃は父親のツテでこの大学教授を紹介してもらった。しかし、一度承諾《しょうだく》してくれたにもかかわらず、断りの電話が入ったのだ。

医者同士の繋がりというものは強く、医療鑑定一つ取ることすら難しい。

医師である父親から助言を受けることはできても、鑑定書となると被告側の弁護士は身内というところをついて、信憑性《しんぴょうせい》を疑う主張をしてくることが予想される。そのため、第三者として客観的に意見できる鑑定書が必要となるのだが、これが思っていた以上に困難なことだった。

『わたしも、手のひらを返すような真似をするのは心苦しいんです。ですが、無理なものは無理なんですよ』

はっきりと口に出せない事情があるのは、言葉の濁し方からすぐにわかった。言いたくても言えない事情。考えられることは、一つだ。

「つまり、蘇芳院長のほうから、何か根回しがあったと?」

『あなたも医療裁判なんて面倒なことには、手を出さないほうがいい。言いたいことは、わかりますよね？　どうか恨まないでください。わたしにも養うべき家族がいるんです。自分を犠牲にしてまで、顔も知らない他人のために、今の生活を失うわけにはいかないんです』

もっともな言い分だった。

この人も、大事な家族を養っている身だ。大学病院なら医局に所属し、しがらみの中に身を置いているといって過言ではない。医師の世界は陣乃が予想していた以上に横の繋がりが強く、それだけに陣乃たち原告側の前に立ちはだかる障害も大きい。

蘇芳病院を敵に回すようなことをすれば、出世どころか組織からはじき出される危険があるというのも、大袈裟《おおげさ》な話ではないだろう。

諦めるしかなかった。

「……わかりました。こちらこそ、ご迷惑をおかけして申し訳ありません」

『差し出がましいようですが、手を引くなら今のうちです。協力してくれる医師を見つけるのは、不可能と思ったほうがいいですよ』

それは蘇芳の病院側が、あらゆる手を使って陣乃に加担することに警告を出していることを暗《あん》に示していた。

「ご助言、ありがとうございます」

受話器を置くと同時に、知らずため息が出る。こんなにも早く、蘇芳病院の手が回るとは思っていなかった。提訴すると決めてから、まだ五日だ。さすがに専門の弁護士がついているだけあり、行動が速い。

「くそ……」

自分の無力さが、腹立たしかった。

冷静さを失ってはいけないと思い、喉でも潤して気持ちを落ちつけようと給湯室に入った。お湯を沸かし、マグカップにコーヒーを注いで戻ってくると、窓から外の様子を見ながら少しだけ休憩する。

疲れた人々を癒すように夕刻の光が窓から降り注ぎ、色気のない事務所をセピア色に染めていた。

自分以外に動くものはないその空間を見ていると、不思議な気持ちにさせられる。

夕暮れ時というのはどこか寂しげだが、心惹かれる。

そしてその時、陣乃はパソコンやプリンターのシールドがごちゃごちゃと置かれている中に、見慣れない三つ脚コンセントがあるのに気づいた。延長コードが刺さっているが、自分で買ってきた覚えはない。

(何だ……?)

それをコンセントから引き抜くと、マジマジと見つめた。頭に浮かんだのは、鑑定依頼を断る先ほどの電話だ。

あまりに早い、蘇芳病院の根回し。まるでこちらの動きを見ているかのような行動力だ。誰に鑑定を頼もうとしているのかという情報が、どこからか漏れていたと考えるのが妥当《だとう》だろう。

ここは、アルバイトすら雇っていない陣乃一人の事務所だ。裏切る人間はいない。

陣乃は盗聴器発見サービスを行っている会社をネットで探し、すぐに電話をかけた。事情を話すと、三十分ほどで来てくれるという。それまで、陣乃は仕事の電話などは一切せずに資料を読むことに時間を費《つい》やした。

そして、調査に来た業者の言葉に、己の甘さを見せつけられる。

「間違いなく盗聴器ですね。これはコンセントから電気を供給するタイプのものですから、半永久的に使えるタイプになります」

陣乃は「そうですか……」としか言えなかった。

陣乃とは関係のない物だという可能性がないとは言いきれないが、そう考えることのほうが不自然だ。その手のプロなら鍵を壊さずに侵入して、盗聴器を仕掛けていくことは可能だろう。また、疲れがたまっている時などは、ソファーでうたた寝をしてしまうこともある。ここにいる間は鍵は掛けないため、隙を見て仕掛けていくこともできる。

医療鑑定の件から考えても、自分をターゲットにした者の仕業《しわざ》だと思ったほうがいいだろう。いつから仕掛けられていたのかはっきりしないため、病院側にこちらの動きがどれくらい漏れているのかがわからず、敵に有利な情報を与えてはいないかという懸念《けねん》が生まれる。

「他には見つかりませんでしたし、どうぞご安心ください」

「ありがとうございます。これって、いつ仕掛けられたのかなんてわかりませんよね？」

「ええ、さすがにそこまでは……。型としてはそう古くはないので、そんなに昔から設置してはないと思いますが。マンションなんかだと、前の住人が仕掛けていくケースも結構あるんですがね」

「そうですか」

これ以上聞いても何もわからないと、陣乃は代金を支払って業者に帰ってもらった。机の上に盗聴器を置き、じっと考える。耳のしこりを手で弄《もてあそ》ぶ癖がまた出ているのに気づき、おもむろにそこから手を離して拳を握った。

（まさか、あいつがやらせたのか……）

そう思いたくはなかったが、可能性としては捨てきれなかった。

蘇芳が事務所に来た本当の目的――。

あの時はお茶すら出さずにすぐに追い返したため、仕掛けていく暇などなかっただろうが、わざわざ蘇芳がここに来る理由が他に思いつかない。自分では仕掛けられずに、誰かを雇った可能性は十分にある。人の痛みなどわからない人間は、己の身を守るためならどんなことだってするだろう。

そこに、罪悪感など存在しない。

『いいか。これだけは覚えておけ。どんなことをしても、阻止してやる』

事務所で言われた言葉が、陣乃が抱き始めた疑惑を確信めいたものにしていた。

（確かめてやる……）

陣乃はすぐさま立ち上がり、盗聴器を持って車で蘇芳の病院に向かった。怒りを胸に抱えたままハンドルを握り、病院の駐車場に車を滑り込ませる。そして飛び込むようにして向かった受付で蘇芳の所在を確認すると、しばらく待つように言われ、待合室の椅子に座った。

五分ほどしただろうか。婦長と思しき年配の看護師がやってきて、事務的に蘇芳の不在を告げられる。

「いない？」

「はい、蘇芳先生は本日は学会のほうへ出られておりまして、いらっしゃいませんよ」

「ですが、呼ぶので待っていてくれと」

「勘違いしたようですね。いらっしゃらないものはいらっしゃらないんです。ここで待たれても、患者さんたちの迷惑ですから、お引き取りください」

そう言うなり頭を下げ、彼女はすぐさまナースステーションへ戻っていった。

気負っていただけに、肩透かしを喰らった気分で気持ちのやり場に困った。そして、冷静さを欠いていることに気づき、自分を戒《いまし》める。

こんなことでは、長い裁判を闘うことなんてできない。

「何やってるんだ、俺は……」

持ってきた盗聴器を見つめ、ポケットにしまった。

せっかく来たのだから、真田の病室を訪れようとも思ったが、来た理由が理由なだけに顔を見せづらくて、やめることにした。しかしすぐに帰る気になれず、以前蘇芳と二人で歩いた中庭に出て、病院の風景を眺める。

病院を信用し、治療を受けている患者たち。自分の依頼人も、ここにいる人たちのように医師の診断を正しいと信じていたはずだ。まさかその道の専門家が誤りを犯し、あまつさえそれを隠匿してなかったことにするなんて思っていなかっただろう。

どんなことがあっても、この裁判は勝たねばと思う。

もう一度自分に言い聞かせ、心に誓う。そして帰ろうとした時、二階の廊下に蘇芳らしき医者の姿を見つけた。

「！」

白衣を纏い、研修医と思しき青年と歩いている。蘇芳は陣乃の姿に気づくと、青年を先に行かせて窓を開け、陣乃を見下ろした。その態度は無力な男を嘲笑っているようで、陣乃は佇んだまま、自分の目の前に立ちはだかるものを黙って見上げていた。

言葉を交わすでもなく、互いに視線を合わせ、どちらも逸らそうとはしない。

（そういうつもりか……）

堂々と居留守を使う神経は、さすがだとしか言いようがなかった。まともな神経をしていては、医療ミスの隠匿などできないのだろう。

しかし、これでわかった。

盗聴器を仕掛けさせたのは、蘇芳だ。鑑定書を頼んだ医師に、圧力をかけさせたのもあの男に違いない。自分をあっさりと裏切り、捨てた男には良心のかけらもないのだ。

愛する夫を失い、打ちひしがれた日高の姿でさえも、あの男の心には何も訴えることはできないだろう。

それなら、手加減なしに叩き潰す。

陣乃は、嘲笑うかのように自分を見下ろす蘇芳を睨み上げながら心に強く誓い、ゆっくりと踵を返した。

陣乃が診療所で働く両親のもとを訪れたのは、盗聴器の一件があってからさらに十日ほどが過ぎてからだった。

診療所は車で二時間ほどのところにあり、同じ県内だが随分と田舎《いなか》で高齢者が多く、時間の流れかたもかなりゆったりとした場所だった。陣乃もこの町が気に入っている。

両親は、久し振りに帰ってきた息子を笑顔で迎えた。

「ところでねぇ、彰之。あなた、ちゃんと食べてる？　しっかり栄養取らなきゃ駄目よ」

「わかってるよ」

「仕事ばっかりしてないで、彼女でも作ったら？　いつも一人で帰ってくるんですもの。今度こそ素敵なお嬢さんを連れてきてくれると思ってたのに。もう、ほんとにどうしてこんな子に育ったのかしら。結構イケメンなのにね。ねぇ、父さん」

「自分の息子にイケメンはないだろう」

陣乃の父は、苦笑しながら肩を震わせた。

明るい母のおかげで、陣乃の家はいつも笑いに包まれている。

医師だった父がセクハラ疑惑をかけられた時も、母は父を疑うことなく、ゆったりと構えていた。母がいなければ、もっとつらい日々を送っていただろう。心の中では不安でいっぱいだったのかもしれないが、少なくとも陣乃の前では優しい笑顔を絶やさなかった。

「しかし、母さんの言う通りだよ。私たちを心配してくれるのは嬉しいけど、自分のことを第一に考えるんだぞ」

「……父さん」

お茶を淹れ替えるために母が台所に姿を消すと、父は少し真面目な顔で陣乃にそう忠告した。

「お前がちょくちょく帰ってきてくれるのは、私たちのことが心配だからだろう？　だけど、診療所もこうしてやっているし、この町は肌に合ってる。やっぱり都会より田舎のほうがいいな」

そう言って笑う父は本当に幸せそうで、過去の傷がすっかり癒えたのだと信じられる。

長年、仕事上だけではなく友人としてもつき合いのあった男に裏切られたというのに、自分を裏切った蘇芳の父へ恨み言を零しているのを、いまだ聞いたことがない。

しかも、蘇芳の病院を辞めてからも、こうして医師を続けているのだ。

あの忌まわしい過去を忘れたいと思うこともあるだろうに、患者一人一人と向き合うことに喜びを感じているのだ。

そんな父を、尊敬している。

「父さん、今日は話があって来たんだ」

「改まってなんだ？」

「蘇芳の病院を相手に、裁判をすることになった」

陣乃の父は一瞬だけ硬直したが、すぐにいつもの優しい表情になり、穏やかな声で言う。

「それは、妙な縁だな」

本当はこんな話はしたくなかった。せっかく穏やかな日常を手に入れた両親に、これ以上、昔のことを思い出させるような真似はしたくない。

だが、父が医者をしている以上、この話が耳に入る可能性は大きい。人づてに知られるより、自分の口から伝えたほうがいいと思ったから、わざわざここまで足を運んだ。

父もそんな陣乃の気持ちをわかってか、納得したように頷く。

「お前の決めたことだ。自分の信じる通りにやりなさい。だが、これだけは言っておく。俺はな、彰之。医者でよかったと思ってるんだよ」

「あんなことがあったのに、父さんは、強いんだな」

「そんなことはない。父さんはな、もともと大きな組織には向かない人間なんだよ。病院の人間関係にも疲れていたし。小さくても、こうして時間をかけて患者さんと向き合える診療所で働きながら、つつましく生きていくほうが性に合ってる」

本当に幸せなのだろう。穏やかな笑顔を見せる父に、陣乃も自然と笑みが漏れる。

それだけが、唯一の救いだった。

両親には幸せになって欲しい。人を恨むこととも、憎むこととも無縁でいい。

こんな醜《みにく》い感情を抱き続けるのは、自分だけで十分だ。

「俺のせいで、お前にも迷惑をかけたな。蘇芳先生の息子さんとも、あんなに親しかったのに、事件のせいで……」

「もう、そのことは言わない約束だよ、父さん」

「そうだったな」

優しげだが、まだ少し心配そうな眼差しに陣乃は後ろめたさを抱いていた。

(違うんだ、父さん……)

陣乃の父は、ずっと自分のせいで息子が傷ついたと思い込んでいる。そんな父に対し、いつも申し訳なさでいっぱいだった。

蘇芳に対し恨みの念を抱いている陣乃は、父親に対し、罪の意識を抱いている。

(違うんだよ、父さん。俺があいつを恨んでいるのは、そういうことが理由じゃないんだ)

陣乃は、左の耳朶に手を触れた。

無意識のうちに出た仕草だったが、返答に困った時などに出てしまう息子の癖に気づいている父は、少し寂しげな笑みを口許に浮べる。

「ところで今日は夕食は食べていかないのか?」

「うん、そろそろ帰るよ。資料も読まなきゃいけないし、実は夕方から真田先生のところで稽古をつけることになってるんだ。このところずっと専門書ばかり睨んでるから、たまには躰を動かして気分転換でもしないと、身がもたない」

「あら、残念ね。すき焼きでもしようと思ってたのに」

新しいお茶を持ってきた母が、湯のみをテーブルに置きながらつまらなそうな顔で席についた。お前が食べたかったんだろう、と言う父の言葉に、少女のようにペロリと舌を出す。今の話を聞いていたかどうかはわからないが、打ち沈んだ空気は明るい母の存在により、一瞬にして消えてなくなる。

「しかし、お前も忙しいな」

「好きでやってるんだよ。竹刀を握るのは好きだし」

それから三人で陣乃が持ってきた和菓子を食べ、十五分ほどくつろいでから家をあとにした。小さな診療所の前で手を振る二人に見送られると、なぜか感傷的な気分になった。

思った以上に、小さくなった父と母。

これから先も、穏やかな幸せを紡いでいくだろう。

仕事がら殺伐《さつばつ》とした現実を見ることも多い陣乃は、両親の愛情に癒されて日常に戻ってきた。そして、その足で真田道場へと向かう。

今日で三度目の稽古になるため、すでに顔見知りも増えており、更衣室に入るとすぐに声をかけられた。一つ年下のサラリーマンで頻繁に道場に通っているらしく、稽古に来ると必ずいる。

「あ、こんばんは。陣乃さん。久し振りですね」

「あまり来られなくて、すみません」

「いえいえ。来てもらえるだけでも十分ですよ。弁護士さんって大変でしょう？」

陣乃は話しながら胴着に着替え、準備ができると自分の防具を持って二人で道場へ向かった。そしてその時、ハッと息を呑み、足をとめる。

（蘇芳……？）

道場の奥。高校生の一団の中に、ひときわ長身の男がいるのがわかった。胴着に身を包み、こちらに背中を向けて立っている。

見間違えるわけがない。少年の頃、ずっと追っていた背中だ。

「あれ、蘇芳先生だ。先日、お誘いしてたんですよ」

「そ、そうだったんですか」

「お医者様だし、忙しくて無理だと思ったんですけど、時々道場で真田先生と竹刀を振っておられるし、声をおかけしてたんです。ご多忙なのに、よくそんな時間がありますよねぇ。陣乃さんもそうですけど、俺なんかすぐダラダラしてしまうんで、お二人を見習わないと」

まさか蘇芳が来るとは思っておらず、動揺を隠せなかった。

幾度となく蘇芳の汚さを思い知らされたというのに、胴着を着ている姿を見ると、さすがに心が揺れる。

あの姿をずっと追っていたのだ。いつも目で追い、目標にしてきた。その男が、今もこうして変わらぬ姿で、ここに立っている。もしかしたら、蘇芳は陣乃の動揺を誘うためにわざと稽古に来て、昔の姿を見せつけているのかもしれない。

（惑わされるな。動揺なんかしたら、それこそあいつの思うツボだ）

そう思い、一礼して道場へ入る。

「集合！」

その声を合図に生徒たちが並び、稽古は始まる。

気合の入った声が道場に響いた。

すぐに稽古を開始したため、蘇芳と言葉を交わすどころか目も合わせずにいることができた。果敢に向かってくる後輩たちに、存分に胸を貸してやる。

だが、同じ場所にいて、いつまでも蘇芳との接触が避けられるはずがない。

それは、基礎練習と掛かり稽古を一時間ほどやり、休憩を取らせている時だった。

「あの、陣乃さん」

水分を取っていた陣乃のもとへ、数人の高校生がやってきた。

「なんだい？」

「真田先生から聞きました。真田道場の天狗って言われてたんですよね？　身が軽くてとにかく動きが速いって」

期待交じりの目で聞かれ、陣乃は苦笑した。昔はよくそういったことを吹聴《ふいちょう》して回っていたが、今もやっているのかと半ば呆れる。時代小説が好きで、天狗なんて言い回しをよくするのだ。

「天狗って言ってたのは、真田先生だけだよ」

「でも強かったんでしょう？」

「そんなことはない。真田先生には敵わないからね」

「でも、玉龍旗決勝、語り草になってますよ。俺、実は陣乃さんと同じ高校なんです。延長十一回もやりましたよね。親父が毎年テレビ中継をビデオに撮ってるんで、陣乃さんの年の試合のやつも持ってるんです」

「ああ、あの時のか……」

陣乃は高校三年の夏を思い出した。

暑かった高校の夏。

第二十三回玉龍旗決勝は、相手側の中堅、副将、大将の三人を残して陣乃に順番が回ってきた。体力的にかなり不利になる試合だったのは確かだったが、中堅と副将からそれぞれ二本ずつ取り、ついに大将を引きずり出した。

だが、さすがに大将ともなると、そう簡単にはいかない。

延長に続く延長で、勝負がつくまで約四十分を要した。広い会場で、他のライバルや観客たちの注目の浴びながらの試合は、相当なプレッシャーだったが、陣乃は見事に勝負を制したのである。

陣乃が最後に決めた抜き胴に、会場が沸いた。

蘇芳に褒められた時は、どんなに嬉しかっただろう。一番充実していた時だ。

「蘇芳さんも、すごく強かったんですよね？　二人がよく残って稽古してたって聞いてます」

「俺、二人が打ち合うところ、見たいです」

「うん、俺もー」

「俺も見たいみたい。ね、お願いしますよ」

「あ、蘇芳さん」

「！」

後ろを振り返ると、蘇芳がこちらに向かって歩いてくるのが見えた。

（蘇芳……）

目が合い、陣乃は全身から緊張を漲らせながら、蘇芳を見据える。

「今、ちょうど蘇芳さんたちの話をしてたんです。陣乃さんとの勝負が見たいって」

「俺の話もしてたのか。どうりで鼻がむずむずすると思ってたよ」

「俺、蘇芳さんが『真田の剣鬼』って言われてたの、知ってます」

「それは先生が勝手に言ってたんだよ。ったく、真田先生もいつまでもそういうこと言いたがるのは、変わらないな。そのうち幕末志士たちの話が出てくるぞ」

「あ、もうそれ散々聞かされてます」

蘇芳は高校生の頭にポン、と手を置き、くしゃくしゃにする。自分がよくされたことを別の少年にするのを見て、心がざわついた。

押し殺そうとしても、昔の記憶が蘇ってくる。蘇芳を想っていた自分が、目を覚ます。

「蘇芳さん」

考えるよりも先に、陣乃は口を開いていた。

「せっかくだし、久しぶりに相手をしてもらえますか?」

蘇芳の目を真っ直ぐに見ながら言う。

必要以上に気負ってしまうのは、昔のことなど忘れたと証明してやりたいからなのか。

「お前にそんなことを言われるとは、思ってなかったよ」

「そうですか?」

「ああ。でも、昔はよく打ち合ったな。果敢に挑んでくるお前を本気で打ち負かすのが、俺の楽しみだったな」

陣乃の心の内を探るような、意味深な言葉だった。

「手加減なしで、勝負しましょう。遠慮はいらないですから」

「遠慮はいらない、か……」

「ええ。ダメですかね？」

「そんなことはない。お前の誘いを断れるわけがないだろう」

蘇芳の言葉に、高校生たちが「やった」と言って喜ぶ。

蘇芳と剣を交えることは、今の陣乃にとって幾度となく蘇芳に抱かれた躰に禊《みそぎ》を施す行為なのかもしれない。蘇芳と勝負をすることで、何かを断ち切れる気がしたのだ。

敵。

この男は、倒さなければならない存在だ。しかも、自分が慕っていた頃の姿を借り、陣乃に迷いを抱かせようとする。それは、相手の大事な人間の姿を借りて、自分を狩りにきた侍を迎え討つ鬼のようだ。

陣乃が自分の想いを告げた場所――あの青竹色に染まった世界に棲んでいたのは、間違いなく鬼だ。人を騙し、災いをもたらす忌み嫌うべき存在であることは間違いない。

そして、最後に負けるのは鬼だということも……。

陣乃は心を落ち着かせて道場の床に正坐をし、試合の準備を始めた。専用の手拭いを頭に巻いてから、面に手を伸ばす。

その時、ふと耳たぶのしこりが疼いた気がして、陣乃は手をとめた。

塞がったピアスの痕。開けてくれたのは、蘇芳だ。

あまりに深く交わりすぎた二人の関係は十年経った今でもまだはっきりと残っており、陣乃は再び過去の思い出を蘇らせるのだった。

陣乃、高二の冬――。


初めて蘇芳と躰を繋いでから、三カ月が過ぎていた。

世界を取り囲んでいた蟬の声は、クリスマスを演出する鈴の音に変わっており、街中がさまざまなイルミネーションで溢れている。例年より早く雪も降り、本格的な寒さが街を覆っているが、二人の熱は冷めるどころか、ますます熱くなるばかりだ。

「んぁ……、はぁ……、ぁ……。ぁあ……っ」

陣乃は、蘇芳の部屋のベッドで切れ切れの吐息を漏らしていた。

ひとたび気持ちを確かめ合うと、それまで堪えていたぶん気持ちが溢れてしまう。

蘇芳のほうも、遊びのセックスには慣れていたが、自分を一途《いちず》に慕う少年を抱くことには免疫《めんえき》がなかった。しかも、普段はあまり愛想がいいとは言えない相手だ。そんな不器用な少年が、自分だけに見せる一面。

躰が先走ってしまうのも、仕方のないことなのかもしれない。

「んぁ……、あぁ……。待……っ」

「そんな声で、待ってって言われてもな」

陣乃は、ゆっくりと腰を使いながら自分を攻める男に、息も絶え絶えに抗議した。

「蘇芳さん、が……っ、そんなにむっつりだなんて……思わなかった……――ぁ！」

「俺だって、お前がそんなに、色っぽい、顔、するなんて、思わなかったよ」

蘇芳にすべて捧げるくらいの覚悟はしていたが、全部見てやるぞと言いたげな目に晒されていると、やはり羞恥心が湧く。

しかも、一度始まると、なかなか終わらない。

「……ぁ……っ！　蘇芳、さ……。……しつこい、ですよ」

底なしの性欲につき合わされ、陣乃の体力は限界だった。延々と続く抽挿に抗議するために膝を閉じようとするが、震えて力が入らない。

好き放題、中を探られ、掻き回される。

だが同時に、さらに深くこの行為に溺《おぼ》れようとする自分がいるのも事実だった。

与えられる甘い蜜は、エデンの果実のようだ。芳醇《ほうじゅん》な香りと濃厚な口当たりで、それを口にしたものを魅了する。

いくらでも与えてくれる蘇芳に、陣乃は無防備だった。

悦楽の海の中で溺れそうになる。

「あ、あ、……も……、……限、界……です」

「そんなに、気持ちよさそうな、顔して……やめて欲しいのか？」

「だって……んぁ、……ぁあ……、あ、あっ」

「な、また一緒にイクか？」

蘇芳が耳元で小さく呻《うめ》くと、それだけでイキそうになった。

「お前の中に、出すぞ」

艶のある声で言い、蘇芳は腰を激しく使い出した。ジェルをたっぷりと塗られたあそこは柔らかくほぐれ、濡れた音を立て始める。まるで蘇芳にむしゃぶりついているようだ。

「んぁ、ぁあ……、ぁあ……、蘇芳さん……っ」

「彰之……」

「——ぁあ……っ！」

「……っく」

蘇芳はひときわ深く陣乃に突き立て、奥で爆ぜた。

「はぁ、……はぁ……っ」

自分を放ってしまうと、蘇芳はいつものように躰を弛緩《しかん》させて体重を預けてくる。その質量のある美しい肉体を抱いていると、蘇芳の存在を実感することができた。二人でイッたあと、こんなふうに伸しかかられてお互いの鼓動を感じあっている時が、一番幸せだった。

しばらくぼんやりとし、息が整うのを待つ。

「なぁ、彰之」

「……はい」

「今度、あれ挿れていいか？」

蘇芳は、陣乃の首筋に顔を埋めたまま、呟いた。机の上に置かれている物に目をやり、呆れながら掠れた声で静かに返す。

「……あんなもん、どこで買ったんですか？」

蘇芳は、陣乃の気持ちを確かめるかのように、いろいろなことを要求する。今日はベッドに入るなり、枕の下から隠していたバイブレーターを取り出し、挿れたがった。

だが、さすがに驚いて思いきり拒んでしまったのだ。

初めて見る尻用のそれは、直径二センチほどの丸い玉が繋がった形をしていて、そのあまりに卑猥《ひわい》な姿に、陣乃には恐ろしい道具に見えたのだ。

「先輩から、店を教えてもらったんだよ」

「蘇芳さんがそれを買ってる姿って、想像できません」

「お前に、どれ挿れようって思いながら選んだ」

アヤシゲな店の中で、真剣にそれを物色している蘇芳の姿を想像して少しおかしくなった。クスクスと笑うと、陣乃の上に伸し掛かっている蘇芳も一緒に上下に揺れる。

陣乃は、蘇芳の頭に手を伸ばしてそっと撫でた。

「いいですよ。……蘇芳さんなら……いい」

「さっきは嫌がったくせに」

「だって……いきなり見せられたから、びっくりしたんです」

「じゃあ次は、あれ、挿れような」

恥ずかしげもなく言われ、陣乃は目許を赤くして黙りこくる。

この数カ月で、蘇芳が澄ました顔でどんな妄想をしているのか、思い知らされた。もともと真面目だとは思っていなかったが、予想していた以上だ。高校生の陣乃には、信じられないような恥ずかしいことを要求する。だが、蘇芳の言いなりになって脚を開くことは、自分をすべて捧げる儀式のようで、嫌いではなかった。

(俺、脳みそ溶けてるのかも……)

ぼんやりと思い、陣乃は目を閉じた。疲れからか、睡魔に誘われるまま眠りに落ちていくが、ふいに蘇芳が躰を離したのに気づき、再び目を開けた。

「蘇芳さん……?」

「ちょっと待ってろ。すぐに戻ってくるから」

蘇芳はそう言い残して部屋を出て行き、五分ほどしてまたすぐに戻ってきた。手には、ビニール袋に入れた氷、そしてガーゼなどの入った救急箱を持っている。

それを見て、何をしようとしているのかピンときた。

「お前にも開けてやる。前に興味あるって言ってたろ?」

「いいですよ。ピアスなんて俺がやると、軟弱に見えそうだし」

「ンなことねぇよ。似合うぞ、きっと」

「でも、髪短いし、耳隠れません。学校で禁止されてるんです」

そう言うが、蘇芳は勝手に作業を始める。耳朶を氷で冷やされると観念して、蘇芳のされるがままになった。

「ぶすっといくぞ」

「は、はい」

針があてがわれると、陣乃はゴク、と唾を呑んだ。

「いてっ」

針を刺されたかと思うと、蘇芳は手早く耳を消毒し、さっさとピアスを突っ込んでくれた。あっという間に終わってしまい、少し拍子抜けだ。

「冬だから膿みにくいとは思うけど、毎日ちゃんと消毒しろよ。あと、ずっとピアス外してると塞がるから、学校以外ではつけとけ」

「はい。えっと……、ちょ……っ、何するんです？」

いきなり中心を口に含まれ、陣乃は『信じられない』という顔で自分のを口で嬲る蘇芳を見下ろした。

「蘇芳さん、今日、何回……やったと思って……、……っ、ぁ……」

もうこれ以上無理だと訴えるが、陣乃の躰を知り尽くした男は、いとも簡単に陣乃の躰に火をつける。中心がすっかり硬く立ち上がると、蘇芳は顔をあげ、自分の唇をペロリと舐めた。

そして、救急箱の中から包帯を取り出して手首をぐるぐる巻きにし、同じように目の位置でも包帯を巻き、視界を奪う。

「あの……っ」

「お前、包帯似合うよな」

「何、するんですか？」

「俺なら、なんでも許してくれるんだろう？　ほら、うつ伏せになってケツをこっちに向けろ」

陣乃は、黙ってベッドにうつ伏せになった。そして尻を高々とあげ、蘇芳にあそこを見せる。

「もっとケツをあげろ。猫が背伸びするみたいに……そうだ」

「ぁ……」

陣乃は、促されるまま尻を浮かした。こんな格好をさせられているという羞恥心からか、変な気分になってきて、中心がひくひくと疼いた。ジェルをたっぷりと塗った指で、あそこを探られる。

タバコに火をつける音がしたかと思うと、紫煙が漂ってきた。蘇芳の車に乗せてもらった時などに嗅ぐ匂いだ。咥えタバコのままこんなことをしているのかという思いが湧きあがるが、同時に自分の心を試されているようでもあり、悦びにも似た感情も生まれている。

「んぁ……。すお、さ……」

「やらしい格好」

「んぁ……っ。はぁ……っ！　あぁ……」

「お前がそんなはしたない格好してると、興奮する」

「……ぅん、んっ」

容赦なく中をかき回され、シーツに顔を埋めた。甘い苦痛に襲われるが、陣乃は自分の身を差し出した。どんな屈辱的で恥ずかしい格好でも、求められたらしてみせるつもりだった。いや、もっと求めて欲しかったのかもしれない。

蘇芳にだけなら、許していい。

人よりオクテの陣乃は、人に征服される悦びというものを覚えつつあった。

バイブレーターの低く唸《うな》る音がすると、さらなる求めの予感に期待にも似た思いに見舞われる。

「これ、挿れてみていいか？」

まるで陣乃の気持ちを確かめるように、蘇芳は言った。

「な？　挿れてみてもいいだろ？」

ねだるような言い方に、陣乃はコクリと小さく頷いた。するとすぐさまタバコを消す気配がし、二の腕を取られて蘇芳に跨《また》がるような格好で座らせられる。視界を奪われていても、蘇芳が自分の顔をじっと見ているのがわかった。

「顔……見ないで、ください」

「お前の顔見ないで、どこ見るんだよ？」

含み笑う気配がしたかと思うと、双丘《そうきゅう》を摑まれて両側に広げられる。秘部に指を這《は》わされ、バイブレーターをあてがわれた。

蘇芳とは違うものが、入ってくる。

「あ！　……っ。ぁ……、はぁ……っ」

あそこが丸い玉を一つ一つ呑み込んでいくたび、切れ切れの吐息が漏れ、唇に触れるようなキスをされる。無意識に逃げようとする陣乃を宥めるような、優しいキスだ。

「んぁ……っ。す、……蘇芳、さ……」

「やめろとか言うなよ。俺だから、許すんだろ？」

「……っ、……はい」

「俺も、お前だから、したいんだ」

「蘇芳さん……っ」

自分だから——そう思うだけで心は満たされ、大胆にもなれた。蘇芳と違い、どちらかというと真面目なほうだというのに、受け入れることができる。

その日、蘇芳はいろいろなものを突っ込みたがり、すべてを試した。包帯での戒めはそのままに、再び猫が背伸びをするような格好にさせられ、求められたことすべてに応じる。

新しい色鉛筆。

蘇芳が父からもらった高級の万年筆。

スティック糊《のり》。

そして、耳朶を冷やした時に使った氷。

ジェルでびしょびしょになったあそこが、濡れた音を立てながらあてがわれるものを呑み込むたび、自分の気持ちを証明させられているようで、そんな扱いにも酔っていた。

「う……っく、んっ。ぁう……っ、す、蘇芳、さん……っ」

「感じてんのか？　ひくひくなってるぞ。なんか……エロい光景」

自分のあそこがひくついているのは、十分わかっていた。淫らな気分に包まれ、もっと欲しいと思ってしまう。同時にそんな自分が怖くなるが、それを打ち消しているのは蘇芳の存在だった。蘇芳の求めにならどんなことにだって応じたいという思いが、陣乃を大胆にさせている。

「んぁぁ……、あぁ……」

「また俺を挿れていいか？」

「……っ」

「な。いいだろ？」

「……はい」

「お前、本当に可愛いな。喰っちまいたくなるほど、可愛い」

「あっ。……はぅ……っ。——あ！」

蘇芳の屹立を突き立てられると、その太さに我を忘れて啼いた。どんなものを挿れられようが、やはり蘇芳のそれに敵うものはない。

蘇芳の欲望を受け止めながら、陣乃は自分の中に眠る劣情のすべてを知ったような気になった。


道場は、シンと静まり返っていた。

陣乃と蘇芳を取り囲み、高校生たちが期待交じりの目で見ている。

蘇芳と十数年ぶりに向き合うことになった陣乃は、蘇芳に身を捧げた少年の頃の自分がまだどこかにいるような気がしていた。

『俺も、お前だから、したいんだ』

あの時の蘇芳の言葉が、蘇ってくる。

（馬鹿、考えるな。無心になれ）

陣乃は面をつけ、籠手を装着した。

二度と切っ先を交わすことなどない相手だと思っていた。高校生たちにせがまれたとはいえ、いくらでも言い訳はできたはずだ。少なくとも、自分から試合を申し出ることはなかったのだ。

それなのに、またこうして向き合おうとしている。

竹刀を握ると、陣乃は一礼して立ち位置につき、前に出て審判と蘇芳に礼をして蹲踞の姿勢を取った。そして、立ち上がって蘇芳を見据える。

どっしりとした正眼の構え。

（……蘇芳）

目の前にいるのは、蘇芳ではない——自分にそう言い聞かせ、心を落ち着かせた。だが、そんなふうに考えること自体、心が乱れている証《あかし》だとも思った。

「——始め！」

審判の声が道場に響くと同時に、いきなり激しい打ち合いが始まる。

「えいっ！」

「やぁあーっ！」

蘇芳の打突は、相変わらずすごかった。陣乃ですら、圧倒されそうになる。

鍔迫り合いになるとすぐに引き籠手を狙うが、足を使う陣乃の剣道をよく知る男は、その攻撃をいとも簡単に封じてしまう。こうしていると、昔に戻った気がした。蘇芳をずっと追っていた少年の頃、よく相手をしてもらった。

ぶつかり合い、離れ、お互い自分の間合いを作ろうと激しく鬩《せめ》ぎ合う。

凄まじい打ち合いに、周りの者は息を呑んで見守ることしかできない。

「ええ――――ん！」

「えあーっ！」

これが、本当に自分を裏切った男の太刀筋なのかと思った。繰り出される攻撃には、迷いというものがない。自分を愛してくれた昔と、変わらないような気さえしてくるのだ。

言葉では説明のできない気持ちが、陣乃を満たした。

不思議な感覚だ。

「めぇ――――ん！」

陣乃は果敢に攻め、渾身《こんしん》の一撃を叩き込んだ。それを受け止める蘇芳と目が合う。面の向こうから注がれる鋭い視線は、昔のままだ。すぐに体格のよさを生かした蘇芳の反撃が始まり、今度は陣乃がその攻撃を受けた。

自分の間合いを保とうと足を使うが、ラインを越えそうになる。

「！」

剣道は、竹刀を落としたりラインの外に躰が出たりすると反則とみなされ、二度で一本を取られてしまう。ぎりぎりのところで堪えようとするが、バランスを崩し、二人はもつれ合うようにして倒れた。

「場外っ！」

審判がいったん試合を中断させる。

先に立ち上がった蘇芳に手を伸ばされ、陣乃は素直にその手を取った。そして定位置に戻ると、打ち合いを再開する。

やめる気はなかった。

自分を裏切り、自分の気持ちを踏みにじり、欺《あざむ》いた男だというのに、なぜか蘇芳と打ち合っていると心が澄んでいく。陣乃は、いつの間にか蘇芳と打ち合うことに取り憑《つ》かれていた。

手の内を読み合い、間合いを計りながら自分のすべてをぶつける。

何度、こうして切っ先を交わしただろうか。

蘇芳と打ち合うことが、何よりも楽しかった。蘇芳に近づきたくて、懸命に自分を高めた。一人の剣士として認められたくて、そして誰よりも愛して欲しかった。

念契と言われるような濃密な関係を、蘇芳との間に築きたかったのだ。

誰にも間に入って欲しくない、自分と蘇芳だけの関係を欲していたあの頃——。

それが、陣乃を苦しめる。

延長戦に突入しても、二人の勢いは衰えるどころか、ますます激しくなっていくばかりだった。


「お疲れ様でしたーっ！」

高校生たちの元気な声が、日の落ちた道場の敷地内に響いた。

陣乃と蘇芳の試合を観て刺激を受けたのか、どの生徒も尊敬の眼差しで二人を見る。陣乃と蘇芳の打ち合いは、二十分をもって終了したため勝負はつかずじまいだったが、それが逆に二人の強さを印象づけたのかもしれない。

陣乃は胴着のまま、鍵をかけるために一人道場の更衣室に行き、残っている生徒がいないか確かめた。窓から見える外は暗いが月が明るいため、裏にある竹林がよく見える。今でも青々としたそれは、月の光を浴びて美しい。

電気を消し、窓の外の景色を見つめる。

(まだ、あるんだな)

蘇芳に別れを告げられた時、確かに竹の花を見たと思っていた。だが、この竹林はまだ生きている。あれは蘇芳の裏切りを知り、動揺するあまり見てしまった幻だったのだろうかと陣乃は思った。記憶の中には、幻想的な風景が今もはっきりと浮んでいる。

(俺は、まだあいつのことを忘れていないのか)

もっと、向き合っていたかった。もっと二人で打ち合っていたかった。相手は裏切り者だというのに「なぜ……」という思いを拭うことはできない。

「どうして、あいつのことが忘れられないんだ……」

言葉にすると、自分の気持ちが手に取るようにわかった。

そうだ。まだ、蘇芳を忘れていないのだ。憎んでいるはずだというのに、まだ少しも忘れてはいない。今でも、蘇芳の姿を目で追ってしまう。

陣乃は視線を床に落として左の耳朶に手を伸ばし、そこに触れた。

蘇芳が開けたピアスの穴はすでに塞がっているが、小さなしこりとなっていまだ残っている。傷痕は見えずとも、触れるとわかるのだ。

それは、蘇芳との過去を忘れ去ることができず、いつまでも心に抱えている自分の姿そのもののようで、己の弱さを見せつけられた気がする。

陣乃は顔をあげ、もう一度竹林のほうを見た。

蘇芳と初めて躰を繋いだ場所は、嫌になるほどあの頃と同じ姿のままだ。そんなものにまで心をかき乱されている自分が情けなくて、自虐的な笑みを漏らした。

そしてその時、カタ、と背後で音がする。

(――蘇芳)

陣乃は思わず身構えた。

胴着のままの陣乃と違い、蘇芳はスーツに着替えていた。三つ揃いのそれは、蘇芳の完璧なまでにバランスの取れた肉体を美しく演出してくれるアイテムだ。

「明かりが消えてるのにドアが開いてたから、閉め忘れかと思ったよ」

「今日は、俺が戸締りを任されてるんです。もう帰るところでした」

「病院で会って以来だな」

「そうですね。居留守なんて使われるとは、思ってなかったですよ」

なぜ自分に声をかけるのかわからず、蘇芳が一歩中に入ってくるのを睨むように見ながらその一挙手一投足に神経を集中させる。

今の蘇芳を見ていると、時の流れを感じさせられた。もう十年だ。

「俺のことがまだ、吹っ切れてないみたいだからな。わざと避けてやったんだよ」

蘇芳は落ちついた声をしていた。それを聞くと自分の中の弱さが露呈《ろてい》されていく気がして、負け惜しみのように強がりを言う。

「あなたには、あなたの病院には負けません」

「お前に、本当にできるのか？　俺も証人として裁判に出廷《しゅってい》するかもしれないぞ」

「昔のことは忘れました。裁判も、ちゃんと闘ってみせます。いつまでも、俺があなたのことを引きずっていると思わないでください」

陣乃の言葉に、蘇芳は口許を軽く緩ませた。どうだか……、と言いたげな笑みに、眉をひそめずにはいられなかった。

蘇芳の裏切りを知った時の憎しみが、再びはっきりと陣乃の中に形となって現れる。

「じゃあ、そんな目で見るなよ」

「……っ」

「稽古中も、ずっと俺を見てただろうが」

心臓が大きく拍動した。

蛍光灯は消していても、青白い月の光が窓から入り込んでいるため、相手の表情はよく見える。薄明かりの中に見る蘇芳の視線は鋭く、狩りをする野生の獣を思わせた。

この静けさと相俟って、自分が獲物になったような錯覚に陥る。

動揺するなと自分に言い聞かせるが、蘇芳の視線に晒されていると平常心を保てなくなりそうで、陣乃は気づかれないようゆっくりと深呼吸をした。

「何、馬鹿なこと……」

「馬鹿なことか？」

コツ、と靴音を立てて蘇芳が一歩近づいてくると、逃げ出したい衝動に駆られた。

明かりが欲しい。この幻想的な色をした月光を一掃してくれる明かりが。

スイッチは、蘇芳のすぐ横だ。

「これか?」

陣乃の視線がどこに向いたか気づいた蘇芳は、そこに手を伸ばし、プラスチックの部分を指先でトントン、と叩く。

「点けて欲しいか?」

「変な言い方しないでください」

「怯《おび》えるなよ」

「怯えてなんか」

「じゃあ、点けに来い」

その言い方が不愉快で、次の瞬間、陣乃は足を踏み出していた。

(――フザけるな……っ)

ほんの今まで感じていた恐怖のようなものは消え、怒りに突き動かされるままスイッチに手を伸ばす。だがそれに手が届こうかという瞬間、手首を摑まれたかと思うと背中をしたたか壁に打ちつけられ、一瞬呼吸ができなくなった。

「……なんの、真似ですか?」

静まり返った闇の中に、陣乃の声が静かに漏れる。

壁に押さえつけられたまま、陣乃は蘇芳を睨んだ。自分を追いつめ、今まさに飛び掛かってこようとする敵に「ただでは殺されてやらない」と逆毛を立てて威嚇《いかく》しているようだ。

事実、蘇芳がこれ以上自分に何かをすれば、容赦はしないつもりだった。

「警告だよ」

「警告？」

「そんな目で俺を見るなって何度も言ってるだろ。俺に近づきたいんじゃないかって、思うだろうが。裁判も、俺に振り向いて欲しいからやるんじゃないのか？」

ふてぶてしい態度に、皮肉な笑みが漏れる。

蘇芳の態度は、ある一人の男のことを思い出させた。忘れもしない。父親から衝撃的な事実を聞かされた夜、病院で自分を軽くあしらって追い返した男のことだ。

今でもあの屈辱は覚えている。

「あなたは、よく似てますよね」

「似てる？」

「ええ。あなたは、あなたの父親とそっくりだ。特に傲慢なところなんかは、呆れるほど似てる」

精一杯の侮蔑《ぶべつ》の意味を籠めて、陣乃はその台詞を放った。だが、蘇芳は少しも気分を害した様子はなく、それどころか口許に笑みすら浮かべてこう返す。

「お前もな。お人よしのあの父親にそっくりだよ。馬鹿正直で、情けない男だ」

「……っ！　放せ……っ！」

「こんなところで俺を待ってるなんて、可愛いことするじゃねぇか」

「待ってなんかない！」

「どうかな?」

「ぅ……っ」

「なんだ。もうギブアップか?」

「……っく」

耳元で聞かされる蘇芳の声に、血が滲むほど強く唇を噛んだ。蘇芳の手を撥ね退けることができないのは、単に力の問題ではない。

悔しくてならなかった。

他人を誤魔化すことができても、自分を欺くことはできない。どんなに足掻いても、蘇芳を慕い、思い焦がれていた頃の自分はまだ生きているのだ。こうしているだけで、くじけそうになる。

まだ高校生だった自分が「本当は嘘なんでしょう?」と蘇芳に訴えている。こんなことをしてみせるのには、何か言えない事情があるのだろうと……。

「放して、ください……っ」

「ピアスの穴、完全に塞がってるな。塞がるからつけとけって言っただろうが」

もう蘇芳の言いつけを守る従順な男ではないというのに、昔と同じように接する蘇芳が憎らしくてたまらなかった。

優しい声を聞かせれば、素直に身を差し出すと思っているのか。

そう疑いたくなる蘇芳の行動に、自尊心がいたく傷つけられる。

「また、女みたいに俺の下で啼いてみせろよ。そうしたら可愛がってやるぞ」

「馬鹿にするな……っ」

蘇芳の手は袴の横から中にするりと入り込んできて、日頃はあまり外気に触れない部分をゆっくりとなぞる。ゾクゾクとした甘い旋律が肌を走り、陣乃は次第に吐息を熱くしていった。

蘇芳の愛撫を前に、陣乃は無力だった。

禁欲して飢《う》えている躰のように、蘇芳を求め始めている。

「――痛ぅ……っ」

頑丈《がんじょう》な歯が鎖骨《さこつ》の辺りに喰い込み、痛みに顔をしかめた。すると、今度は肩を強く噛まれる。

「ぅ……っく、……ぁ、――痛……っ」

陣乃は蘇芳のスーツを強く握り締めていた。

かろうじて抱き寄せることだけはしなかったものの、これでは縋りついているのと同じだ。息を吸い込むと、蘇芳のスーツから漂う匂いが肺を満たした。

昔と同じようで、どこか違う。大人の匂いだ。

「なぁ、彰之。ここで、しようか？」

「ぁ……っ」

「昔みたいに、可愛がってやるよ」

蘇芳は太腿をゆっくりと撫でた。熱い手だ。どうしようもなく肌がぞくぞくとして、躰がいうことをきかない。

「……彰之」

蘇芳の猛りを、袴越しに感じた。信じたくはなかったが、陣乃の中心もすでに変化している。そこに伸びてくる蘇芳の手から逃れようと身を捩《よじ》っても、なんの意味もない。

下着の上から、はっきりとした屹立を確かめられる。

「やっぱり、俺が欲しいんじゃねぇか」

「誰、が……、ぁ……っ！」

「おっ勃てておいて、その気じゃねぇだと？　笑わせるな」

揶揄されたかと思うと、蘇芳の親指を奥歯に嚙まされ、唇を重ねられた。口を閉じようとしても、指が邪魔してそれができない。顔を背けて逃れようとするが、力でこの男に敵うはずがなかった。抑えつけられ、無理やり口内を犯される。縦横無尽に這いまわる舌に腰が砕けたようになり、陣乃は次第に蘇芳とのキスに溺れていった。

「ぅ……、……んんっ、…………ふ、……んっ」

耳を塞ぎたくなるような、鼻にかかった甘い声。

自分の声だとは、思いたくなかった。

忘れたくても忘れられないものが、陣乃を過去へ引き摺り戻そうとしているようだ。

（蘇芳、さ……）

「んぁ……っ」

蘇芳は、陣乃の躰を知り尽くしていた。一年とはいえ、濃厚な付き合いがあった相手である。どこをどうされると感じるのか、どう焦らせば燃え上がるのかを熟知しており、陣乃はその思惑通りに反応してしまっていた。飢えは、次の愛撫を待ち焦がれるほどだ。

「……ふ、……っ……ん、……ぅん……っ」

陣乃は、中心をやんわりと擦る蘇芳の器用さに流されそうになっては、思い出したように激しく抵抗した。かろうじて踏みとどまっているのは、意地があったからだ。しかし、自分に伸しかかる蘇芳の躰を撥ね退けようとするたびに力でねじ伏せられ、体力は奪われていく。

それは、性的興奮へと繋がった。

「昔みたいに、突っ込んでやるよ」

膝を膝で割られ、陣乃はいとも簡単に腰を膝の間に入れるのを許してしまう。性急な仕草で袴の腰紐を解こうとする蘇芳に、脚を開いて蘇芳を受け入れた昔の自分が目を覚ます。

しかし、陣乃の脳裏に亡くなった夫を思い出して啜り泣く依頼人の姿がよぎった。

「――っく！」

陣乃は渾身の力を籠めて蘇芳を突き飛ばし、後ずさりながら立ちあがった。弾みで拳が当たったようで、蘇芳は唇に滲んだ血を親指拭ってから不敵な笑みを見せた。

赤い舌先。

あれが肌を這う感覚を思い出そうとする躰が、恨めしくてならない。

「はぁ……っ、……っ、――はぁ……っ」

膝が笑って上手く立てなかったが、それでもこれ以上ふざけた真似は許さないと蘇芳を睨む。

胴着の前ははだけ、あられもない姿になっていた。露《あらわ》になった肩には、先ほど噛まれた傷が疼きとなって、蘇芳の存在を強く意識させようとしている。

いや、これは陣乃の中にある蘇芳への想いだ。

「こ、こんなことまでして……っ、恥ずかしくないんですか？」

冷静に言おうとしたが、息は上がっており、躰は熱を持っていた。鏡を見ずとも、目許にそれが現れているのが自分でもわかった。明かりが消えているとはいえ、こうして目を合わせていることが、そして自分の中に息づく何かが、怖い。

「お前、全然変わってないな……」

「──っ!」

まるで鷲掴《わしづか》みにされたように、心臓が大きく跳ねた。

何か言い返そうとするが言葉は見つからず、陣乃は蘇芳を睨んでいることしかできなかった。この男が次に何を言うのか、聞かないほうがいいというのに、待ってしまう。

「彰之、俺を憎めよ」

「な……っ」

「俺を、憎め」

言い聞かせるように二度放たれた言葉に、混乱はさらに加速する。

蘇芳がなぜそんなことを言うのか、陣乃にはわからなかった。

言われなくとも、憎んでいる。こんなにも憎み、心から嫌い、軽蔑している。それなのに、なぜわざわざこの男の口から、そんな言葉を聞かされなければならないのか。

「蘇……」

「──じゃあな」

陣乃は、息を殺して蘇芳の気配が遠ざかる足音を聞いていた。それに重なるように、自分の心臓の音が聞こえる。気配が完全に消えてしまうと、ようやく躰から力を抜いた。

電気のスイッチを入れる余裕すらなく、ずるずると床に座り込む。

自分を狙う天敵から逃げ惑う小動物のように怯えているのに気づき、悔しさに唇を噛んだ。

（くそ……っ）

蘇芳に触られた部分が熱かった。それが痛みから来るものなのか、過去の記憶がもたらしたものかはわからない。鼻孔《びこう》の中にうっすらと蘇芳の匂いが残っている気がした。

ほんのりとした懐かしい体臭。

昔はなかったスーツの匂いが混じっているため記憶のものとは少し違うが、幾度となく躰を重ねた日々を思い出さずにはいられない。あんなことをされても、どこかで蘇芳を追っている自分がいるのだ。

苦しい。

「言われなくても……、俺は……っ、……お前が……、――お前が憎いって、思ってるよ！」

押さえきれぬ激情をどうすることもできず、頭を抱えたまま大声で叫んだ。それは、すぐに闇に吸い込まれて消えてしまう。

しかし、蘇芳に嚙まれた肩は、その疼きをいっそう大きくしていく。

陣乃は立ちあがることすらできず、しばらくその場に蹲っていた。

3

道場の更衣室でのことがあってから、一カ月半が過ぎようとしていた。

梅雨の時期になっても今年はほとんど雨が降らず、このまま空梅雨で終わりそうな気配だ。市役所の車が節水を訴えに定期的にやってくる。

真田が退院して以来、陣乃が道場に通うこともなくなり、蘇芳とも顔を合わせることはなくなっていた。提訴してからは、約一カ月半に一度「弁論準備手続き」という、お互いの主張を聞き、裁判での争点をはっきりさせるための口頭弁論が開かれるが、裁判官と書記官、そして原告、被告側の弁護士の四名で行われることが多く、蘇芳と会うこともない。

しかし、医療鑑定を引き受けてくれる医師はいまだ見つからず、陣乃はさらなる壁にもぶつかっていた。

「くそ、ダメだ……」

事務所の椅子に座り、組んだ手に額をつけた格好でため息をついた。何度こうして電話をかけ、何度先方まで出向いて話をしてくれるよう頼んだだろうか。

医療裁判の難しいところは、原告と被告、双方の意見の喰い違いをどうすり合わせ、事実がどうであったかを証明することだ。例えば、カルテを別の患者と取り違えて健康な臓器を摘出《てきしゅつ》してしまったとか、ガーゼを体内に置き忘れたまま閉腹してしまったなど、誰が見ても明らかなミスであれば、責任の所在ははっきりしている。

だが、今回のケースは、手術に至るまでの時間の経緯《けいい》が原告と被告ではまったく異なっており、カルテの差し替えや看護日誌の改ざん、あるはずの資料が不足している可能性もあった。

カルテの差し替えなどについては、その事実が認められた段階で、誰もが病院側がミスを隠匿しようとした証拠だと思うだろう。ところが、医療裁判では明らかに修正液が使用され、あとで書きかえられていることが明白だとしてもそれが病院側に不利に働くことはあまりない。

これが医療裁判というものだ。

陣乃がどんなに説得しようが看護師などの証言はなかなか得られず、皆固く口を閉ざしているのだ。別の病院に移った看護師もいる。おそらく、今回の件は口止めされているだろう。

予想していたことだが、やはり実際に戦うとなるとこうも大変なのかと痛感させられた。

(まだだ……。まだ、諦めるわけにはいかない)

陣乃は一度自宅のマンションに戻ってシャワーでも浴びようと、机の上を整理しはじめた。行き詰まった時は、頭をすっきりさせてもう一度取り組むようにしている。根をつめすぎると、くだらないミスをすることにもなるからだ。

陣乃が戸締りを終えて電気を消して帰ろうとした時、事務所の電話が鳴った。

『日高です』

「どうかしましたか?」

『あの、実は……』

不安そうな声に気づき、前から懸念していたことが起こった可能性を疑った。話を聞くと、やはり自宅付近に依頼人を中傷するようなビラが貼られてあったというのだ。

医療裁判では、よくあることだ。

原告側の人間が金目当てだと中傷され、あらぬことを吹聴される。それで会社に居づらくなることもあるし、商売をしている人間などは、店を畳まざるを得ない状況が出てきたりするため、くじける者もいる。

莫大な時間と費用がかかる上、この手の嫌がらせのせいで精神的ダメージを受ければ、もう裁判などどうでもいいという心境にもなるだろう。

特に女性の場合、精神的圧力は身の危険を感じさせることもある。しかも、日高は現在一人暮らしだ。頼れる相手が身近にいないことも、陣乃がずっと気にかけていたことだ。

「わかりました。すぐに伺います。ビラは捨てずにとっておいてください」

陣乃は自分のマンションに戻る前に、一度様子を見に行くことにした。裁判は長期に亘って行われるため、依頼人の気持ちにも敏感でなければ一人空回りすることにもなりかねない。

日高の自宅は、駅から比較的近い場所にあった。

周りは一戸建ても多いが、新築マンションも多く見られ、建設中の建物もある。人気《ひとけ》はすっかり途絶えており、街灯には無数の翅虫が群がっていた。物寂しげな風景がしばし続く。

彼女の自宅付近まで来た陣乃は、あと数分で着くと電話を入れた。角を曲がり、何度か訪れたことのある家が見えてくると、歩調を少し早める。

しかしその時、陣乃は自宅の車庫に、人影があるのに気づいた。日高が、出迎えに出てきたのかと思ったが、人影は道路のほうではなく敷地の中の様子を探ろうと、中を覗き込んでいる。

体格からして男だ。

素早く近づこうとしたが、人影はすぐに気づいて走り出す。

「おい、待て……っ」

陣乃は男を追った。

しかし思ったより逃げ足が速く、男は建設中のビルの中に逃げ込んでしまう。陣乃も続いて中に入るが、背後に人の気配を感じたかと思うと、いきなり木材のような硬い物で後頭部を殴られて地面に跪いた。弾みでコンタクトの片方が外れてしまう。

二打目。

「……っく」

振り下ろされる木材をなんとか避け、男に飛びかかる。揉み合いになった。

しかし最初の一打が足に来ており、陣乃はすぐに劣勢になったかと思うと、上から伸しかかられて拳で顔を殴打《おうだ》された。

額から流れた血が目に入り、口に血の味が広がる。

(くそ……っ)

なんとか顔を確かめようとしたが、暗いうえ片方のコンタクトが外れているためよく見えなかった。

殴打は続き、防戦一方になる。

その時、女性の悲鳴が辺りに響いた。

「——チッ」

驚いた男は、すぐに陣乃の上から飛びのいて走り去っていく。

「先生っ」

叫んでくれたのは、日高だった。陣乃が男を追っていったのを、家の中から見たのだろう。あの状況で外に出るのは怖かっただろうと思うが、正直なところ助かった。

気が抜けて地面に座ると、日高が駆け寄ってきて陣乃の顔を覗き込む。

「大丈夫です。心配ありません」

そう言ったものの、ぱっくりと開いた額の傷からは血が流れ出していた。目眩を覚え、片膝を立てて頭を抱えるように支えるが、自分がちゃんと座っているのかわからなかった。

「今警察を呼びました。もうすぐ来ると思いますので、しっかりしてください」

止血しようとハンカチを当てる彼女に礼を言い、自分で傷口を押さえた。ハンカチはすぐに血で真っ赤に染まり、血の臭気が鼻孔をいっぱいにする。これまで大きな怪我などしたことがなかったため、自分の血をこんなにたくさん見たのは、生まれて初めてだ。

貧血のせいか、躰が冷たくなっていくのを感じる。その癖、傷口だけがやけに熱い。

(蘇芳の差し金なのか……?)

オロオロとする日高を落ち着かせようと声をかけながら、陣乃はそんなことを考えていた。

まさか襲わせようなどとは思っていなかっただろうが、追われたからと言って木材で後ろから襲いかかるような人間を使って、依頼人の何を探ろうとしていたのか。

そこまで堕《お》ちたのかと思うと、悔しくてならない。

(絶対に、あいつを追いつめてやる……)

ほどなくしてサイレンが鳴り始め、現場付近が慌ただしくなる。

「こっちです！」

パトカーとほぼ同時に救急車もやってきて、陣乃はすぐにストレッチャーに乗せられて救急車に運び込まれた。応急手当てをされながら、簡単な質問に受け答えをする。

名前。年齢。職業。吐き気や目眩の有無。

大丈夫だ、ちゃんと答えられると自分に言い聞かせながら、救急隊員の問いにしっかりと頷き、必要な時は首を横に振った。傍らで、別の隊員が無線で受け入れ先との連絡をしている声もちゃんと聞こえている。

陣乃を乗せた救急車は十分ほど走り、ゆっくりと停車した。

運ばれたのは、偶然にも蘇芳の病院だった。

「彰之……」

救急車から患者が運び出されるのを待つ看護師たちの中に蘇芳の姿を見つけた時、皮肉な笑みが漏れた。

真田が運ばれた時もそうだったが、どうしてこう嫌な偶然というのは重なるのか。

あなたが差し向けた人間にやられたんですよ……、という言葉が喉のところまで出かかったが、敢えて口にせず、蘇芳の反応をじっくりと見る。

「どうも、こんばんは」

挑発的に笑ったつもりだったが、挑発的だったのは気持ちだけで、実際は弱々しく口許を緩めただけだった。

看護師たちに指示を出し、そのまま処置室へと陣乃を運び込む蘇芳を下からじっと見上げる。

「あなたが驚くなんて、こっちが驚きです」

「何を言ってるんだ」

「こうなるって知ってたんじゃないですか？」

「黙ってろ。恨みごとならあとで聞いてやる」

「あんな、ビラを……撒くなんて……」

「おい、傷口を洗っておいてくれ。終わったらすぐにＣＴ撮るぞ」

陣乃の話を無視して、蘇芳はてきぱきと看護師たちに指示を出していく。

「吐き気はないな。気分が悪くなったらすぐに言え」

陣乃は不思議な気分で蘇芳の姿を見つめていた。

医者として働く蘇芳を見るのは、初めてだ。真剣な表情で看護師たちに的確な指示を出し、陣乃の傷を診る姿は、これまでに自分が抱いていた医者になった蘇芳のイメージと違う。

陣乃の中では、医療過誤を隠匿する病院側の人間という認識だったためか、傲慢さしか感じなかった。だが、あれは本物の医者の目だ。それが不思議でならない。

（どうして、あなたがそんな目をするんですか……）

ぼんやりとする思考の中で、こいつは敵なんだと自分に言い聞かせながら、陣乃は医者として働く蘇芳の姿をじっと観察していた。

三十分後、手当てを終えた陣野は病室のベッドに寝かされていた。

頭の怪我は蘇芳が縫い、今は包帯が痛々しく巻かれている。しかし思ったほど傷は深くなく、脳や頭蓋骨《ずがいこつ》にも損傷は見られなかった。

今は麻酔《ますい》が効いているため、痛みもほとんどない。

一度は警察が来たが、事情は改めて説明することになり、そのまま帰っていった。

「真田先生に続いて、お前まで運び込まれてくるなんてな」

病室に入ってきた蘇芳は、開口一番そう言った。自分と同じ思いだと知ると、複雑な気がした。

「もう、帰ります」

「馬鹿か、一晩入院だ」

「あなたの病院の世話になりたくありません。殺されかねないですしね」

「せっかく個室を用意してやったってーのに、贅沢《ぜいたく》な奴だな」

病室だというのに、蘇芳はタバコを取り出して火をつけた。そして、窓を開けると外に向かって煙を吐く。

「どうして、俺に構うんですか?」

「恨みごとなら聞いてやると言っただろう。もう、手を引く気になったんじゃないか」

「まだ、始まったばかりです」

「ふん、そうか。だがな、無駄なことはもうやめろ。お前みたいな弁護士一人に、どうこうできる問

題じゃない。医療裁判なんてやってたら、事務所は潰れるぞ」

「余計なお世話です。何か後ろめたいことがあるから、そうやって牽制してるんですか？」

わざと挑発的に言ってやるが、蘇芳はピンと来ないようだった。

「襲われたのは、依頼人の自宅付近ですよ。このところ自宅や会社に中傷のビラが貼られたりしてたもんですから、心配で様子を見に行ったんです。そしたら、丁度怪しい人影を見たんで、声をかけたら逃げ出して……。つい深追いしてこの有様です」

「なんだって？」

表情を変える蘇芳を見て、思わず鼻で嗤った。こんなことをする人間は限られているとばかりに、蘇芳を見据えてやる。

「お前、そいつの顔は見たのか？」

「白々しいですよ」

蘇芳は何も言わなかった。

険しい顔をするだけで、そこからは何も読み取れない。

（本当に知らないのか……？）

蘇芳の表情は、自分が雇った男の失態を苦々しく思っているようにも取れるが、この状況を憂いているようにも取れる。何か考え込むような顔は、演技とは思えない。

怪訝《けげん》に思い、陣乃はそのまま蘇芳の言葉を待った。すると、絞り出すように小さな声で言う。

「だから、こんな裁判に首を突っ込むなと言ったんだ」

怒ったような口調だった。それは当事者からの警告ではなく、明らかに忠告だ。

心配しているのか……、と思うが、これも蘇芳の手なのかもしれないと自分を戒める。しかし蘇芳は、先ほどよりも少し感情的に続けた。

「お前はいつもそうだ。医療裁判なんてやって、お前になんの得がある？」

「……っ」

「いい加減に手を引け！」

最後のほうは、声を荒らげてすらいた。再会してからこれまで、いつも傲慢な態度で自分を見下ろしていたというのに、同じ男とは思えない。

本当にこの男は、日高の自宅付近をうろついていた相手とは無関係なのか――。

自分の考えが間違っていたのかという思いがにわかに湧きあがり、わからなくなる。自分が闘うべきなのは、いったい誰なんだと。

「どうして、忠告なんかしてくれるんです？」

蘇芳の顔色が変わった。

「どうしてわざわざここに……」

「――お前が惨めだからだよ。本当は、俺に会いたくて勝つ見込みもない裁判を起こすことにしたんじゃないのか。どうした？　お前の中の女が疼くか？」

蘇芳は、携帯用の灰皿にタバコを押し込んで消した。一見、再会してからの傲慢な男に戻ったようではあったが、どこか違う。釈然としない思い。

「しばらくしたら、ちゃんと脳外科で検査を受けろよ」

そう言い残して、陣乃に背中を見せる。

「待ってください」

「無駄なことはよせ。わかったな」

最後に吐き捨ててから、蘇芳は病室を出て行った。

陣乃はしばらく身動き一つせずにドアを見ていたが、こうしていても何もわかりはしないと、軽くため息をついてから、落ちてくる前髪を掻きあげる。

（なんなんだ……）

今までとは違う蘇芳に、混乱していた。いくら考えても、何も見えてこない。

しばらくすると急に疲れが押し寄せてきて、ベッドに潜り込んで枕に顔を埋めた。慣れない枕は寝心地がいいとは言えなかったが、このところずっと仕事に追われていたため、すぐに目を閉じる。

熱が出てきたのか、眠ったり起きたりの繰り返しで、しばらくうつらうつらとしていたのだが、病室のドアが開いたような気がした。

目を開けると、シルエットが見える。背の高い、男のシルエットだ。

陣乃を襲った男とも考えられるというのに、なぜか安心感があった。とても自分に危害を加えようとしているとは思えず、再び目を閉じる。

（誰……？）

気配が近づいてきてもやはり嫌な感じはせず、それどころか誰かに見守られる心地よさすら感じてまどろんでいた。

それとも、これも夢なのか。

はっきりしない意識の中でそんなことを考えていたが、伸びてきた手がそっと頭に伸びてきて、髪の毛を梳《す》く。

「蘇芳、さ……」

言葉にして呼ぶと、手は応えるようにそっと頭を撫でた。心地いい手だ。すごく、懐かしい。

「ど、して……、」

熱があるようで、頭がぼんやりとしてくる。この手の持ち主が現実の蘇芳なのか、それとも熱がもたらす幻なのか。

それを確かめたかったが、陣乃はいつの間にか、深い眠りに落ちていた。


おかしい。何か変だ。

蘇芳の病院で治療を受けて以来、陣乃はずっとそんな思いを抱えていた。違和感というのだろうか。病院で自分の治療をする蘇芳からは、これまでのような傲慢なところが感じられなかった。

漠然とではあるが、自分は何かとんでもない勘違いをしているような気がしてならない。

それは、陣乃が病院をあとにする時に見た光景からも、想像できた。偶然出くわしたシーンは、陣乃にもう一度真実は何かを見つめ直せと言ってるようでもあったのだ。

「ねー、蘇芳先生。俺のお父さん、もう治んないの？」

病室を出て、待合室に向かおうとしていた時のことだ。陣乃の耳に、少年の声が飛び込んできた。見ると、中学一年生くらいの少年と蘇芳が横に並んで話をしている。

陣乃は蘇芳が普段医者としてどんな風に働いているのかが知りたくなり、そこに隠れたまま、二人のやり取りを見ることにした。立ち聞きなんてあまり気分がいいとはいえなかったが、どうしても自分を抑えられなかったのである。

「お前はなんでそう思うんだ？」

「みんなはっきり言わないし、お母さんに聞くと涙ぐむし」

「そうだな。治らないことはないな。根気強くリハビリをすれば、回復しない怪我じゃない」

「でも、もう一カ月だよ」

「それだけ難しいってことだ。金もかかる。今までみたいな生活はできないかもな」

蘇芳の言葉に、少年はショックだったようで俯いてしまった。

何も子供相手にそこまで言う必要はないじゃないかと思ったが、蘇芳が次に口にした言葉が、陣乃の心に深く刺さる。

「お前がお袋さんを助けてやれ」

蘇芳は少年の頭に置き、ガシガシと掻きまわすようにして撫でた。蘇芳が昔からよくやるコミュニケーションの一つだ。

「でも、俺まだ働けないし」

「金なんてな、なくていいんだよ。お前が暗い顔をして、後ろ向きなことばかり考えなけりゃあいいんだ。治るのかなんて心配するな。治ると信じてやれ」

「信じる？」

「ああ、そうだ。簡単なようで、難しいことだぞ。お前が気持ちを強く持つことが、お袋さんを守ることに繋がるんだ。もう中学生なら、守れるだろうが。親父さんのことも、助けてやれ」

少年は少し驚いたような顔で、蘇芳を見上げた。そんなことを言う大人は、今までいなかったのだろう。

この時陣乃は、子供だと思って守るばかりがいいことではないのに気づいた。中学生といえば、周りは子供扱いしても、自分は大人だと思う時期でもある。

大人として扱い、責任感を持たせるほうがどれほど少年のためになることか。

「うん。俺、お母さんを守るよ。お父さんの力にもなる」

「ああ。だけど、ちゃんと部活も続けて、今日楽しかったことの話を毎日お袋さんにしろよ。頑張りすぎると、逆に心配するからな。その辺のバランスが難しい。でも、お前ならできる」

「先生、ありがと。俺、ちゃんとやってみせるよ。先生がいなくなっても大丈夫だよ、きっと」

「それは逞しいな」

「早く外国に行けるといいね」

「ああ」

「――じゃあね！」

少年は元気を取り戻すと、病室のほうへと戻っていった。

蘇芳が一人になっても、陣乃はそこに立っていた。何か考え込む蘇芳の中に、どんな真実が隠れているのかを知りたかったが、しばらくすると看護師がカルテを手に蘇芳に近づき、何やら相談を始める。

結局、何もわからないまま、陣乃は蘇芳病院をあとにしたのだった。

あれが、本当の蘇芳の姿なのか――。

陣乃は裁判のために奔走《ほんそう》する日々を送りながら、ずっと考えていた。少年と話をする蘇芳は、陣乃がずっと憧れていた時代の蘇芳そのままだった。それは懐かしいと感じるほどで、陣乃は自分が実際目にしている光景にもかかわらず、なかなか信じることができなかった。

そして、少年が口にした言葉。

外国に行くということは、アメリカ辺りに留学でもするのだろうか。

蘇芳が自分の前からいなくなる――歓迎すべきことだというのに、なぜかその事実に愕然としていた。短期間なのか、それともあちらに骨を埋めるつもりで行くのかと、考えてしまう。その真相を確かめることなどできるはずもなく、時間だけがどんどん過ぎていった。

そんな陣乃を訪ねて男がやって来たのは、八月に入ってしばらくしてからのことである。

その日は朝からずっと図書館に入り浸りで、医学関連の書物と格闘していた。ようやく事務所に戻ることができたのが午後七時過ぎで、食事もロクに摂っていない。

疲れを隠せず、フラフラと歩きながらエレベーターを降りた陣乃は、事務所の前の廊下に人影を見つけて足をとめた。

(誰だ……?)

一瞬、依頼人宅をうろついていた人間かと思ったが、躰つきがまるで違った。背が低く、背中を丸めて立っている。よく見るとその顔に見覚えがあった。

蘇芳病院の経理担当だった、田辺という男だ。

看護師たちからは『院長の犬』と言われるほど蘇芳の父にべったりで、陣乃が父親の件で病院に乗り込んだ時も、この男は院長の下僕《げぼく》のごとく摑みかかる陣乃を病院の外に放り出した。

今回の裁判に伴い、この男のことも調べたが、かなり個人的なことにも関わっていたというのに半年ほど前にあっさりと解雇《かいこ》されている。

看護師たちの間では、院長の機嫌を損ねた田辺が切られたと、もっぱらの噂だ。

「あの、何かご用ですか？」

陣乃が声をかけると田辺はビクッとなり、身構えながら陣乃の背後に誰かいないか覗き込んだ。異様なまでに周りを気にしている。

「あんたに、話したいことがある。中に入れてくれ」

まるで誰かに追われているような、怯えた態度だ。不可解に思いながらも事務所に通し、落ち着かせるために熱いお茶を出してやろうとポットのお湯を温め直した。

その間、田辺を観察する。

田辺は随分とげっそりとしており、目の下に青黒いクマができていた。人生に疲れたというような虚ろな目で、背中を丸めて座っている。大きな何かを失ったような目でもあった。もともとの癖なのか、それともそうせずにはいられない心境なのか、先ほどからずっと貧乏揺すりをしている。

「どうぞ」

湯のみをテーブルに置いた時、陣乃は田辺の洋服の袖に赤黒いシミがついているのに気づいた。すでに乾いているが、どう見ても血だ。

しかし、田辺本人が怪我をしている様子はない。

「あなた、何をしたんです……?」

「もう、俺はダメだ」

何がそんなに不安なのか、口の前で祈るように両手を組むと、今にも泣き出しそうな声で言った。

急《せ》かさず、自分から告白するのを待っていると、震える声で続ける。

「あ、あの男を刺した」

「あの男?」

「蘇芳、院長だよ」

「……っ」

「多分、もうニュースになってる」

陣乃は急いでパソコンを立ち上げて、いつも使っているウェブニュースのサイトにアクセスしてみた。カテゴリ別にずらりと並んだ記事は一時間ごとに更新され、常に新しいニュースがトップに来るようになっている。

記事は、すぐに見つけることができた。

事件が起きたのは、午前九時二十三分。

氏が鋭利な刃物で胸をひと突きされ、自宅の駐車場で倒れていたのを出勤してきた家政婦が見つけた。蘇芳の父は病院に運ばれたが、意識不明の重体で現在は集中治療室にいる。

凶器は蘇芳宅の台所にあった文化包丁。

犯人は台所に通してもらい、そこで揉めた挙句《あげく》、逃げる院長を駐車場まで追って腹部を刺したとみられている。警察は顔見知りの犯行だろうと見て、捜査が開始されていた。

「俺がやった」

田辺は陣乃が記事を読んだのを確認するようにチラリと見てから、再び机に視線を落とす。

「どうして、ここに来たんですか？」

「捕まる前に、あんたに謝罪をしたかった」

「謝罪？　なんのことです？」

「あんた、俺のことは知ってるか？」

「ええ、少しは。半年前に病院を追われるまで、院長のために働いていたんですよね。高校の頃も何度かお会いしてます」

陣乃は、慎重に田辺の表情を窺った。

何かを企《たくら》んでいる者の目ではない。

「これだけは、伝えておきたかった。十年前のことって言えば、ピンとくるか？」

「十年前？」

「あんたの父親が、セクハラ疑惑で病院を追われた事件だよ。あれは、仕組まれたことだったんだ。俺が命令されて、裏で手を回した」

「……どういう、ことです？」

いきなり差し出された言葉は、陣乃の知らない真実を匂わせるものだった。疑いもしなかったあの事件に、自分の知らない真相が潜んでいる。

心臓がトクトクとなり、手には汗が滲んだ。ゴク、と喉を鳴らして唾を呑んだが、喉の渇きは収まらない。

「俺が院長の犬って言われてたのは、あんたも聞いてるだろう。その通りだよ。俺は、あいつの言うことならなんでも従ってきた。汚い仕事もやった」

「汚い仕事？」

「ああ、看護師に金を渡して、病院の医師をセクハラで訴えるよう指示したりだよ。後ろ暗いところがある看護師なら、すぐに計画に乗る」

「なんの恨みがあって……、――っ！」

そこまで言って、陣乃は続きをやめた。普通に考えれば、すぐにわかる。特別なことではない。ごく普通に考えれば行き着く答えだ。

「まさか……」

「そうだよ。院長が、あんたと院長の息子の関係を知ったからだよ」

田辺はそう言い、陣乃と目を合わせた。そして、物悲しそうな笑みを漏らす。

「心配するな。あんたの過去をどうこう言いたいわけじゃない。ただ、真実を教えたかったんだ」

陣乃は、ほとんど思考停止状態に陥っていた。

そんな可能性は考えたことがなかった。考えたくもなかった。だが、あの別れの背景には、自分の知らない真実が隠されていたのは、もう否定できない。

「つまり、俺と蘇芳さんを別れさせるために……？」

「そうだ。院長に命令されて、あんたの親父さんを追いつめる手伝いをした。あの時、裏で何が行われていたか知ってるか？　院長は、見せしめにあんたの親父さんを病院から追い出した後、このまま医師会から追放できると言って、別れるよう息子に命令した。自分の言うことを聞かないのなら、あんたをマワさせることだってできると仄《ほの》めかしたりもした。あんたらが別れなかったら、きっと実行しただろう。足がつかない方法なんて、いくらでもある。特に性犯罪の被害者ってのは、泣き寝入りが多いからな」

「つまり、父があんなふうに病院を追われたのは、半分は、俺のせいだったってわけですか」

田辺の話に、反吐が出る思いがした。

十年前の記憶が、今再び陣乃の脳裏に鮮明に蘇る。

道場の裏の竹林に呼び出され、ひどい言葉で別れを告げられた。

あの時、蘇芳はすでに父親から脅迫じみた取引を持ちかけられていたのだ。突然の別れの裏には、陣乃を守ろうとする蘇芳の想いがあった。

蘇芳が悪人になる代わりに得られるものは、陣乃の身の安全。

確かに、あの頃に真実を聞かされても、自分は構わないと聞かなかっただろう。陣乃の性格を知り尽くしている蘇芳が、真実を隠したのは当然の成り行きだ。

蘇芳がどんな人間か知っていたというのに、あんな嘘を鵜呑《うの》みにして、この十年ただひたすら蘇芳を恨んできたことが悔やまれてならない。

無意識に耳に手を遣り、ピアスの穴の痕に触れる。

「それだけじゃない」

「まだ……あるんですか」

打ちひしがれたように深く項垂れていた陣乃は、蘇芳の父親が陣乃の身の安全を保証するだけではなく、さらなる餌を与えたことを聞かされた。蘇芳の父が持っていた最大の切り札は、陣乃と別れれば、本人たちに内緒で陣乃の父親に手を差し伸べてやるという条件である。

(なるほどね……)

確かに、今考えるとおかしな話ではあった。

引越しをする前に、偶然が重なるようにして父親の力になってくれるという人物が現れ、診療所を開くのはどうかとアドバイスし、手助けをしてくれると言った。多少の貯《たくわ》えはあったにせよ、まだ新しい勤め先も見つかっていない父の連帯保証人となると約束し、開業資金を集めるのに一役買ってくれたのも、その男である。

それからは、トントン拍子だ。

しばらく使われていない診療所が見つかったため、改装費用などもさほどかからず、比較的安価に開業することができた。

「でもなぜ今頃、真実を教えてくれる気になったんです?」

「俺は、あの男に尽くしてきた。どんなことにも、手を貸してきた。それなのに、あいつは俺を簡単に切り捨てやがった。はした金の退職金で、くれてやるだけ感謝しろとまで言いやがった。人間としての尊厳すら踏みにじられた気がしたよ。だから刺したんだ。あんな男に尽くすんじゃなかった。今頃目が覚めるなんて……馬鹿だった。あんたに、詫びたい」

心底、悔いているとわかる言い方だった。

田辺があの男のために、そして病院のためにどれほど自分を犠牲にしてきたか。己の出世のためだったのだろうが、だからと言ってそれを責める気にはなれなかった。

この男も、犠牲者なのだから。

「赦《ゆる》して、くれるか？」

それだけが自分の救われる道だというように、田辺は陣乃を見上げた。父を追い詰める手伝いをした男とわかっていても、憎しみより哀れみのほうが先に立つ。

背中を丸めたまま、縋るような目で自分を見る男に視線を落とし、静かに言う。

「ええ。あなたを、赦しますよ」

陣乃の言葉を聞くと、緊張の糸が切れたのか、田辺は肩を震わせながらすすり泣きを始めた。

「一緒に警察に行きましょう。自首すれば、罪は軽くなります」

「ぅう……っ」

「つき添いますよ。今から出頭することを警察に連絡します。いいですね」

陣乃の言葉に、田辺は何度も小さく頷いた。

犯行に及んでから、約十二時間。

田辺は陣乃に真実を告げるために、こうして自分を待っていたのだ。どんな思いで半日を過ごしたのだろう。気の遠くなるような時間だったに違いない。

陣乃は、警察に電話を入れて自分の車で田辺を警察署まで連れて行った。身柄を引き渡して、署をあとにする。自宅へは直行せず蘇芳の病院まで行き、道路に車を停めたまま闇に白く浮かぶ大きな建物を見上げた。

車の窓を開けると、まだ冷めぬ熱気が入り込んできて、夏の匂いで車内は満たされる。

病院の窓からは明かりが漏れており、玄関口もまだ人の出入りがあった。時折、白衣を着た医師の姿も見える。病院の日常がそこにはあり、この中で働く蘇芳の姿を想像した。

会いに行かなければ。

そう思った。蘇芳に会って、話をしなければ。

なぜ嘘を見抜けなかったのかと思うと、愚かな自分が悔やまれてならないが、それだけ蘇芳の嘘は本気だったのだ。寸分の疑いすら持たせず、自分を騙した。

明かされた真実に、陣乃は胸が熱くなるのを感じるのだった。


蘇芳の父親が一命を取り留めたと知ったのは、翌日のことだった。

田辺の打ちひしがれたさまを見ていた陣乃は、蘇芳の父親が死ななくてよかったと心底思った。確かに田辺は過ちを犯したが、あんな男のために殺人犯になるとすればあまりにも哀れだ。

陣乃は自分の仕事を済ませると、その足で蘇芳のマンションに向かった。

昼間に病院のほうへ所在の確認していたため、わざと休みのところを狙った。緊急のオペなどで連絡が入らなければ、ゆっくりと話ができるだろう。

インターホンに出た蘇芳は始めこそエントランスの鍵を開けることを拒んだが、モニターで陣乃がいつまでも粘っているのを見ていた常駐の警備員が何事かとやってくると、コトが大きくなると判断したのか意外にすんなり開けてくれた。

「なんの用だ？」

ドアを開けるなり、ぞんざいな言葉を浴びせられる。

だが、陣乃は気にしなかった。

冷たくされるほど「お前を想ってる」と言われているような気がしてくるのだ。十年前、自分を守るために悪人になってくれた男に、そんな言い方をされても……、といったところだろうか。

「院長は一命を取り留めたそうで……よかったですね」

「それを言いに来たのか？」

「もう、あなたの耳には届いてると思いますが、田辺さんが自首した時、俺がつき添ってました。俺たちがなんの話をしたか、気になりませんか？」

「なんのことだ？」

「知りたいでしょう？　ちょっとつき合ってくださいよ」

陣乃は、蘇芳を外に連れ出した。

真田道場へ向かい、車を駐車場に停めると裏手にある竹林に足を踏み入れる。満月に近いせいか、雲の模様が浮き上がって見えるほど溢れんばかりに月光が降り注いでいた。

八月に入ってからは急激に夏が勢いを増したように暑く、夜になっても生暖かい空気に包まれていたが、一歩竹林の中に入るとその様子はガラリと変わる。

時に取り残されたような場所。静かで、空気も澄んでおり、日常を忘れさせてくれる。

始まりはここだった。

蘇芳は強さにこだわる陣乃を連れてきて、自分と向き合う術を教え、この場所のことは誰にも言うなと言った。ここで、初めて秘密を共有した。

初めて躰を重ねたのも、ここだ。

別れを言い渡されたのも……。

「なんだ。思い出に浸りに来たってわけか？」

少し離れた位置に立っていた蘇芳は、冷やかしの言葉を口にして嗤った。だが、もう騙されない。

「裁判に協力してもらえませんか？　一緒に闘いましょう。蘇芳さんがこちらにつけば、かなり有利になります」

「何を急に……」

「俺が知らないとでも思ってるんですか？　ちゃんと、本当のことを、言ってください」

「本当のこと？」

「あの時……っ、俺を守るために、別れを切り出したんでしょう？」

「ハッ、わざわざこんなところに呼び出して何を言うかと思ったら……。気でも狂ったのか？　飽きたから別れようって言ったんだよ」

そう言い放つ蘇芳に、陣乃は真実を叩きつけてやる。

「田辺さんから、全部聞きました。父がなぜあんなふうに病院を追われなきゃならなかったのか、包み隠さず教えてくれたんですよ」

蘇芳が動揺したのがわかった。じっとこちらを見たまま、動こうとはしない。それが答えのようなものだ。

田辺の言ったことは、全部本当だったのだ。

そう思うと冷静さを保つことができず、叫び出したい衝動に駆られた。なんとか抑えようとするが、そんな抵抗は長くは続かず、蘇芳のところまで歩いていくと胸倉を摑む。

「どうしてです。どうして俺に言ってくれなかったんです！」

陣乃は強く訴えた。だが、蘇芳は黙って陣乃を見下ろしているだけだ。

「なんのことだ？」

「しらばっくれないでください！　全部……っ、全部、聞いたんですよ！　別れないと俺の父を医師界から追放するって言われたことも……っ、俺を襲わせることもできると、脅されたことも！」

「やめろ」

「やめません！　だって、聞いてしまったんです。別れたら……父を助けてやるって、……交換条件を、……出された、ことも……」

最後は喘ぐようにして訴え、蘇芳を見上げる。

「そうか」

隠し通すことなどできないと観念したのか、蘇芳はようやくそれを認めた。陣乃を見下ろしているのは、深い水底を思わせる静かな目だ。

あの時、蘇芳の嘘に気づいていれば、少しは違っただろうかと思うと悔しさが込み上げてきて、どうしようもなく心が乱れた。

蘇芳を忘れようとして忘れられなかった日々が、違うものになっていたのかもしれないのだ。

今さら後悔したところで何も変わらないが、それでも悔やんでしまう。

「この十年はっ、いったいなんだったんだっ！　ずっと真実を知らないまま、俺はあなたを恨んで……っ、自分だけ、被害者面して……っ。あなたに守られてるとも知らずに！」

ひとたび溢れ出した感情は、自分の意思ではどうすることもできない。

陣乃は蘇芳を摑んだまま深く項垂れ、震える声で訴えた。女々《めめ》しいとわかっていても、言わずにはいられない。

「ここから……っ、ここからやり直しましょう。もう一度、一から始めましょう」

「もう終わったことだよ」

「俺はまだ、あなたが好きです」

「やめろ、もう終わったことだと言っただろうが」

「俺の中ではまだ終わってない！」

縋りついて訴えるが、蘇芳は聞き入れようとはしなかった。それどころか、自分の胸倉を摑む陣乃の手首を摑み、再び突き放そうとする。

「どうしてそんなにしてまで縋りつく？　また抱いて欲しいのか、メス犬」

わざと侮辱的なことを言う蘇芳に、陣乃の気持ちはいっそう強く固まった。どんな言葉をかけられようが、この気持ちは変わらない。

今は、蘇芳の想いが手に取るようにわかるのだ。

必死で、陣乃を守ろうとしている。

「そうですよ！　俺はあなたの言うとおり、メス犬ですよっ。それでもいい。やり直しましょう」

「馬鹿言うな」

「蘇芳さん!」

「――お前は……っ、どうしてそうなんだっ!」

「!」

いきなり強く引き寄せられたかと思うと、次の瞬間、蘇芳の腕に抱き込まれ、唇を塞がれていた。

「ん……っ」

鼻にかかった甘い声が漏れ、わずかに開いた唇の間から乱暴に舌が入り込んでくる。襟足を強く摑まれ、上を向かされたまま嚙み付くようなキスを続けられると、どうしようもなく息があがって目眩がした。まるで捕食者に喰われているような気分になり、なぜか体温があがる。

こんな被虐的な気分を味わうのは、十年ぶりだ。

「ん、ぅんっ、……んぁ」

されるがまま身を差し出していた陣乃だったが、目眩は膝まで降りてきて自分で立つことができなくなりフラフラと後ずさった。それでも蘇芳は激しく口内を犯すことをやめようとはせず、二人はもつれ合うようにして地面に倒れてしまう。

「……っ」

背中をしたたか打ちつけ、陣乃は小さく呻いた。だが、蘇芳は構わず引き破るようにシャツに手を伸ばし、首筋に顔を埋める。乱暴な扱いだが、強く求められているのがわかり、陣乃は黙って身を差し出した。

鎖骨を嚙まれて小さく声が漏れるが、痛みすら悦びに変わる。

（――蘇芳さん……っ）

目を閉じ、躰を仰け反らせなら陣乃はすべてを受け入れる準備をした。


どのくらい経っただろうか。

陣乃は、両手を大きく広げた格好で、ぼんやりと笹のベッドに横たわっていた。衣服は乱れたままで、ワイシャツのボタンも二つほど弾け飛んでいる。

蘇芳はすでに立ち去っており、竹林の中は怖いくらいに静まり返っていた。

風すらも吹かない静かな夜。

仰向けに寝そべっていると、覆い被さってくるような竹の姿に、自分が襲われているような気になる。

（蘇芳さん。やっぱりあなたは、俺をずっと守ってくれてたんですね）

結局、蘇芳は最後まで陣乃を抱くことはしなかった。

陣乃を押し倒し、ワイシャツを剝ぎ取るようにしながら愛撫を始めたが、しばらくすると手をとめた。そして、陣乃の顔の両側に手をついて躰を離し、肩を微かに上下させながら搾り出すような苦しげな声でこう言ったのである。

『十年も前のことなんて、忘れろ。裁判からも手を引け。あれは、うちの病院で起きたことだ。俺がちゃんとカタをつけるつもりだ。――わかったな』

自分を見下ろす蘇芳の瞳が、印象的だった。昔と変わらない目だ。自分の想いに応えてくれた頃と少しも変わらない。

あれでは、全身で「愛している」と言っているようなものだ。あんな目で見つめられて、諦めろというのか。

(幸せすぎて、イッてしまいそうでしたよ……)

どんなに言葉を尽くして愛を囁かれるよりも、蘇芳の気持ちが伝わってきて、陣乃は幸せに身を浸らせていた。

なぜそうまでして頑なに自分を拒もうとするのか、ようやくわかった。

先ほどの話からすると、蘇芳は今回の医療過誤について自分なりに動いているのは間違いない。

それなら手を組んだほうが裁判も有利に運ぶだろうが、蘇芳が人証尋問で原告側に有利な発言でもすれば、院長は二人がヨリを戻したとみなし、陣乃を許さないだろう。

今はまだ裁判に勝つ見込みも強いため悠々《ゆうゆう》と構えているが、そうなった時、あの男はどんな手を使うかわからない。

だが、それでも構わなかった。もう、自分の知らないところでコトが運ばれるのは嫌だった。蚊帳《かや》の外に置かれて、守られるばかりなんてのはもうたくさんだ。

ただ、両親に迷惑をかけるかもしれないと思うと、それだけが心に重く伸しかかる。

(父さん、母さん。ごめん……。俺、諦めきれないいんだ)

陣乃はポケットから携帯電話を取り出して、登録している短縮番号を押した。コール数回。それがプツリと途切れると聞き慣れた声がしてくる。

「父さん」

『ああ、彰之か。どうした、急に……』

「元気？」

『もちろん父さんも母さんも元気だよ。お前は？』

「俺も元気」

いつ聞いても穏やかな父の口調に、癒される気がした。どんな時も、声を荒らげたりすることのない優しい父だ。よく笑う母の横で、父もいつも笑っている。

息子の様子がいつもと違うことに気づいたのだろう。父は、優しい口調はいつものままに、少し心配そうに聞いてきた。

『どうした？』

「声が聞きたくなって……」

『そうか。じゃあいくらでも聞かせてやるぞ。えー、本日は晴天なり、本日は晴天なり。父さんは今日、朝から母さんと買い物に出かけました。母さんの買い物は……』

おどけて一人喋《しゃべ》り出す父の声を聞き、陣乃はクスクスと笑った。父の愛情が痛いほど伝わってきて、目を潤ませながら相槌を打つ。そしてひとしきり世間話を聞き、楽しい余韻《よいん》のある沈黙が降りてくると、陣乃は少し改まった声で静かに問いかけた。

「ねぇ、父さん」

『なんだい？』

「十年前、父さんが蘇芳病院を辞めた時のことだけど……」

そこまで言い、軽く深呼吸をする。

申し訳なかった。

自分のせいで父親が不名誉な疑惑をかけられて病院を追われたというのに、それでもなお蘇芳とヨリを戻すことを諦めてはいない。なんて身勝手な息子で、親不孝なんだろうと思った。

でも、蘇芳を諦めきれない。

「あの時、つらかった？」

そう聞くと、父は「何を馬鹿なことを……」とばかりにこう言った。

『もう、終わったことだよ』

「でも、つらかっただろ？」

『う～ん、もうそれも忘れたからなぁ』

「じゃあ、またあんなことがあったら？」

しつこく喰い下がる陣乃に、父は笑った。穏やかな笑い声だ。

『その時は南の島にでも行くか。それもいいなぁ。海に囲まれた小さな島で、母さんと二人で診療所をやるってのもいい』

まるで旅行の計画でも練っているかのような、楽しげな口調だった。その声を聞いていると、どうして父はこんなに強いのかと不思議に思った。

陣乃は子供の頃から剣道では一目置かれ、成績もいつも上のほうで、周りから優秀だと言われてきた。それに比べ、父はスポーツは苦手で平凡なタイプだ。病院でも人と争って出世を狙ったりせず、自分より年下の者に追い越されても気にしない人だった。

だが、陣乃はいつも父には敵わないと思わされる。

『彰之』

「何?」

『お前は、お前がやりたいようにやれ。私たちのことなど気にせず、裁判は全力でやりなさい。親はな、子供に迷惑をかけられるくらいが、幸せなんだよ。何があったか知らんが、自分の親に気を遣わなくていい』

「父さん……」

蘇芳とのことや、あの事件の裏に隠された真相を知っているはずはないというのに、すべてわかっているような口調だった。すべてを承知の上で、それでもお前がしたいようにしろと言われているようだ。

いや、もしかしたら父は本当に自分と蘇芳の関係に気づいているかもしれない。

陣乃が言葉を失ったまま黙りこくっていると、父が優しく語りかける。

『それからな、彰之』

「何?」

『父さんを訴えると言った看護師だがな、彼女なぁ、一年くらいしてから父さんを訪ねてきたんだよ』

「え……」

予想だにしなかった言葉に、陣乃は身を起こした。携帯を右手に握り直し、父の言葉を聞き逃すまいと集中する。

『あれは全部嘘だったって、本当にすまないことをしたって言ってた。彼女は心底悔いていた。病院で働いていた頃より、ずっと痩《や》せててな。かわいそうなくらいだったよ』

自分を陥れた人間の一人だというのに、父の声からはほんの少しの恨みすら読み取れなかった。

『彼女はあんなことをしたけど、彼女も苦しかったんだよ』

父の口から聞かされたのは、田辺から聞いた内容を裏付けるものだ。

父をセクハラで訴えようとしていた看護師は、その頃悪い男に捕まり、消費者金融にかなりの借金を抱えていた。督促状《とくそくじょう》はもちろんのこと、取り立ては病院にまでやってきて、他の看護師や患者たちの間で、いろいろと囁かれるようになっていた。

金が欲しかった彼女は、借金を返済してもなお十分に手元に残るほどの金を渡され、陣乃の父を陥れたのである。おかげで、彼女は借金から逃ることができたが、その代わり罪の意識というもっと恐ろしい魔物から追いかけ回されることとなった。

それに耐えられなくなったのだろう。陣乃の父を訪れた彼女は、心からの謝罪をし、その気があるなら自分の罪をみんなに打ち明け、名誉を回復することに協力すると申し出た。

そうしなかったのは、単に陣乃の父が望まなかったからだ。

結果的に医師として診療所で働けるようになったうえ、病院の複雑な人間関係から解放されたのだ。事件から一年が経過していたこともあり、今さらことを荒立てるつもりはないと言って彼女をそのまま帰したという。

『彼女はね、気が変わったらいつでも自分を呼んでくれと言って帰っていったよ。他にも自分が役に立つなら、どんなことでも協力すると言ってた。もし、看護師の証言を得られずに苦労してるなら、彼女の助けを借りるといい。実はね、今度の裁判のことも彼女には言ってあるんだ。もしかしたら、息子から協力をお願いする電話があるかもしれないってね』

父は陣乃に彼女の電話番号を教え、最後に躰を大事にするよう残してから電話を切った。音もなく笹の葉が落ちてきて、それが視界の隅を通り過ぎる。

陣乃は、今聞いた話をゆっくりと反芻《はんすう》した。

蘇芳病院で働いていた看護師。しかも、蘇芳の父がした汚い仕事を知っている人物だ。

彼女が突破口《とっぱこう》になるかもしれない。

(父さん、ありがとう)

陣乃はゆっくりと立ち上がり、竹林を出ていった。

それから陣乃は、父にセクハラ疑惑をかけた看護師に連絡を入れ、直接会いに行った。

事情を聞いた彼女が、医療過誤の現場に居合わせた看護師の説得に当たると約束してくれたのは言うまでもない。

当時のことを知る人間の中で、蘇芳病院を辞めた白石麻美《しらいしあさみ》という看護師なら希望はあるというのが彼女の意見だった。後日、二人で会いに行ったが、すぐに態度を軟化させるようなことはなく、最初の日は追い返された。

しかし、自分と似た境遇の人間から嘘をつき続けることのつらさを訴え続けられると、良心が疼くのだろう。少しずつ、心がぐらついているのはわかった。

二十日ほどがあっと言う間に過ぎ、処暑を過ぎたにもかかわらずこの急速な展開を示唆《しさ》するかのように、夏は衰えるどころかさらに勢いを増していった。

ここ五日ほど熱帯夜を記録しており、散らかった事務所を見ると暑さが倍増するようだ。

「これで終わりか」

陣乃はシュレッダーにかけた紙類をゴミ袋につめ、事務所のドア付近に山積みにした。机の上は本や書類が大量に積み上げられていて、どこに何があるのか、本人にしかわからない。

我ながら汚い事務所だ。

だが、下準備は順調に進んでいる。

白石が、あの日病院で何があったのか証言する気になってくれるまで、あと一押しだ。亀の歩みと言えばそうだが、それでもいい。

切り札は、まだある。

陣乃は事務所の電話を取り、蘇芳のマンションに電話を入れた。コール音を十回ほど聞かせられ、ようやく蘇芳が出る。

声を聞くのは、道場裏の竹林で会って以来だ。

「こんばんは」

『またお前か』

蘇芳は、すぐにそんなことを言った。

もとより、歓迎されるなんて思っていない。だが、嫌われてもいないのはわかっていた。自惚れと言われようが、自信はある。

「この前はどうも」

『わざわざそんなことを言うために電話してきたのか？』

「あんな情熱的なキスをしておいて、それは冷たいんじゃないですか？」

表情こそ見えなかったが、多少なりともバツが悪く感じているのはわかった。自分でも、あんなことをするつもりなどなかったのだろう……。

今は蘇芳の気持ちが手に取るようにわかり、陣乃は少しだけ目を細めた。

『なんの用だ？』

「裁判の件ですよ。俺と手を組みましょう。あなただって、この件をうやむやにはしたくないんでしょう？」

『またその話か。お前とは手を組むつもりはない』

「もう一度、話しましょう。事務所で待ってますから」

『待っても無駄だ』

蘇芳は頑なだった。

そこまでして拒まなくていいじゃないかと思うが、融通の効かない生真面目な青年のようで、おかしくもある。

「来てくれなかったら、死んでやる」

陣乃はわざとそんな言い方をした。

陳腐《ちんぷ》な台詞だと思った。自分の命と引き換えに男の関心を引こうとするなんて、昼のドラマに出てくるヒロインのライバルなんかが言いそうな台詞だ。

だが、死んでやると言って男を困らせる女の気持ちが、少しだけわかる気がした。

蘇芳の気を引くためなら、なんだってしてやるという気分になる。

『俺にどうしろって言うんだ』

「会いたいんです。事務所に来てください」

『何度言われても……』

「——会ってくれないなら、事務所の窓から飛び降りてやる」

それだけ言うと、陣乃は受話器を置いた。すぐに電話が鳴ったが、椅子に座り、事務所に鳴り響く呼び出し音をずっと聞いていた。蘇芳はかなり粘ったが、電話に出るつもりのない人間と根比べをしたところで勝ち目はない。

電話がピタリととまると、痛いほどの静けさに包まれる。

陣乃は、蘇芳が半信半疑ながらも陣乃が自殺を図ることを恐れ、急いでここに来るさまを思い浮かべた。あんなことを言われて黙っていられるはずがない。蘇芳は、間違いなくここに来る。

そして、三十分後。

予想通り、蘇芳は事務所にやってきた。

「待ってましたよ」

「お前な……」

無事を確認すると安心したのか、急に不機嫌に顔をしかめた。

しかし何を言っても無駄と判断したのか、奥の部屋に入ってくると陣乃に背中を向けてタバコに火をつけ、積み重なった書類をめくって目を通し始める。そのほとんどが医学関係の本だ。

それだけ見ても、陣乃がどれだけこの裁判に力を注いでいるのかわかるだろう。

「その辺は全部読んだんですがね、医学書ってなんでこんなに難しいんですかね。翻訳《ほんやく》しながら読まないといけないのもあって、大変ですよ」

「それなら裁判から手を引け。こんな苦労して、なんになる」

「あなたに守られてばかりは、嫌なんです。一緒に闘いたい」

蘇芳は陣乃の目を見ようとはせず、咥えタバコのまま机に浅く腰をかけて書類の文字を目で追っている。

「俺はお前なんかと組むのは、ゴメンだな」

言葉をちぎって捨てるような冷たい言い方だが、そんなふうにされればされるほど嬉しかった。危険に巻き込むまいという思いを感じるのだ。頑なに自分から目を逸らしている蘇芳の横顔をじっと見ながら、陣乃は不謹慎《ふきんしん》ともいえる想いを抱いていた。

惚れ惚れするほどイイ男だ。

十年前よりも、ずっと魅力的になった。

この男が欲しくてたまらない。

「カルテの改ざんの件、あなたも気がついてるんですよね。当時現場に居合わせた看護師の一人が、態度を崩しそうなんです。証言してくれるかもしれません。名前は白石麻美という人です。あなたもよく知ってる人でしょう?」

医学書の文字を追っていた蘇芳の視線がとまった。静かに顔をあげ、ゆっくりと書類を置く蘇芳を見て、ようやくまともに話を聞いてくれる気になったかと少し口許を緩めた。

「本当に証言すると思ってるのか？」

「俺の父をセクハラで訴えようとした看護師。彼女を覚えてますか？」

「それがどうした」

「彼女ね、あの一年後に父に謝罪に来たんですよ。罪の意識に耐えられなくて、名誉を回復したいなら自分がすべてを告白すると言ったそうです。父はそのことはもういいと言ったんですが、今回のことで協力してもらってるんです。嘘をつき続けることがどれだけつらいか、彼女の言葉なら説得力がある」

言いながら、手遊《てすさ》びに近くに積み重ねてあった本をパラパラとめくる。インクと紙の混じった書物独特の匂いが鼻を掠めた。

昔からあまり本を読むほうではないが、懐かしさを誘う匂いだと陣乃は思った。

あの夏の日、バスの中に置き忘れられた本を手にしたのをきっかけに、男同士の色事について書いてある本を読み漁《あさ》った。あれは、自覚していなかった蘇芳へ想いの正体を知りたいという気持ちの表れだったた。知りたくて、そしてひとたびそれを知ると、今度は蘇芳が自分をどんなふうに思っているかを突き止めたくなった。

独りよがりの恋ではないとわかった時は、どんなに嬉しかっただろう。

嬉しさのあまり陣乃の欲求は強くなり、自分の想いに歯止めを効かすことができなくなったのだ。はっきり言えば、あの本に書かれていることを求めて欲しいと思っていた。

あの頃の陣乃は、蘇芳だけがすべてだった。

そして、今もさして変わらない。

こうして必死で振り向いてもらおうとしているのだから……。

「誰だって罪悪感を背負って生きていくのは、つらいんですよ。白石麻美の心が揺れているのなら、似たような立場の人間が説得をすれば、心が動くかもしれない。崩すなら、まず彼女です。それにあなたがこちらにつけば、もっと有利になる。彼女も決心しやすくなります」

「親父を舐めないほうがいいぞ」

「わかってますよ。でも、絶対に引きません。あなたのことも、諦めません」

どうだといわんばかりに目を見据えてやると、蘇芳はめずらしく言葉につまった。ほんのわずかだが、困ったような表情を覗かせるのを見て、ますます欲しくなる。

「お前が思ってるほど、裁判は単純じゃない」

「ええ。そのうちどこからか圧力がかかるかもしれない。白石麻美がいったん覚悟をしても、証言をするなと脅される危険性もある。実際、依頼人は嫌がらせを受けてますし。あなたが俺に手を貸そうと院長が知ったら、それこそどんな手を使ってくるか……」

そう言った瞬間、蘇芳の視線が鋭くなったかと思うと、ドアのほうへと向けられた。そして、「静かにしろ」と人差し指を自分の唇に当てる。

(誰か、いる……?)

言っている先からこれだ。自分たち以外の人の気配を感じ、陣乃は息を呑んだ。

一瞬の間にあらゆる可能性を考え、ドア一枚隔《へだ》てた向こうにいる人間が、どの程度危険なのかを想定する。

次の瞬間、向こうもこちらが気づいたことを察したようで、逃げる足音がした。

「待て！」

蘇芳は勢いよくドアの外に飛び出し、男に飛びかかった。黒のスーツを着た男だ。目にはサングラスをかけている。日高の自宅を覗き込んでいた男なのかもしれない。

「誰に雇われたっ！」

二人は揉み合いになった。助っ人に入ろうとしたが、男が手を翻すような動きをしたかと思うと、蘇芳の口から呻き声が漏れる。

「――ぅ……っ！」

「蘇芳さん！」

目の前に広がる鮮明な赤。

血だ。

わき腹の辺りを押さえ、苦しげに顔をしかめている。

（くそ……っ）

今度は陣乃が飛びかかろうとするが、ナイフを振り回され、近づくことすらできない。

陣乃は身構えた。

右。

襲い掛かってくる白い光を紙一重のところで避け、攻撃のチャンスを待った。

だが蘇芳の血に足を取られる。蹴り。わき腹に喰らった。再び振り下ろされるナイフを左手だけで

受け止め、手首をねじりあげるようにして男を取り押さえる。

「ぐ……っ」

カシャン……、とナイフが床に落ちた。

「彰之っ！」

蘇芳の声がしたのと同時に、背後に人の気配を感じた。振り返る間もなく、後頭部に激しい衝撃と痛みが走る。

「——ぅ……っ！」

次の瞬間、陣乃は膝をついて蹲っていた。もう一人、仲間がいる可能性を考えなかった自分に舌打ちしたい気分だったが、今さら後悔しても遅い。

「早く来い！」

仲間の一人が、ドアの外に置いてあったゴミ袋に火をつけるのが見えた。

かろうじて気を失わずには済んだが、目がかすんで目眩がする。

蘇芳が腹を押さえながら受話器を取り、一一九番通報をしているのが見えた。怪我のせいで息が落ち着かないが、しっかりとした口調でこのビルの住所を告げる声がする。

「彰之っ。大丈夫か？」

「は、はい」

「ちくしょう。あいつら……っ、俺たちが追ってこられないように火をつけやがった」

シュレッダーにかけられたゴミは空気を大量に含んでおり、あっという間に大きな炎となって逃げ道を塞いだ。火の手が回るのが速い。火はマットにも燃え移り、部屋はゴムの焼けた匂いと黒い煙に包まれた。目や鼻の奥に激しい痛みが走り、二人は火を消すのを諦めた。

「こっちだ」

ごほごほごほ……っ、と咳き込み、体勢を低く保ちながら奥の部屋へと逃げ込んでドアを閉めた。

これで少しは持ちこたえられそうだが、煙はドアの隙間から入り込んできている。

消防隊が到着するのが早いか、ここで蒸し焼きになるのが早いか。神のみぞ知る、といったところだ。

「やばい、な……」

「ええ、出入り口から逃げるのは無理でしょうね」

「窓からいけるか」

二人は窓を開けて下を覗いた。ビルの五階なんて普段はそう高いと思わないが、ここから飛び降りるとなると地面が遥か遠くに感じる。ゴミ箱やアーケードを目掛けて飛び降りるなんて、アクション映画の世界だ。

しかし、なんとかここから降りるしかない。

「ここからいくぞ。何かロープの代わりになるもんはあるか？」

本棚の上に梱包《こんぽう》用の紐があるのが見え、それを取ったが、悪いことにビニール製のものだった。これでは熱でやられ、降りている途中で切れる可能性がある。

「くそ。ダメか……」

「カーテンなら、使えるんじゃないですかね」

「ああ、そうしよう」

二人はカーテンを外して引きちぎると、繋ぎ合わせてデスクの脚に縛りつけ、窓から垂らした。一階まで届く十分な長さはないが、今はこの方法しかない。

「お前だけ、行け」

「何言ってるんです。蘇芳さんもですよ」

「馬鹿、俺は……自分の体重を、支えられない」

見ると、ワイシャツの血は先ほどよりも広がっていた。手も血だらけで、思ったより傷が深いことを知る。

「俺は、ここから降りるのは……無理、だ」

「嫌ですっ！　一人で逃げるなんて嫌です！」

「我儘《わがまま》を言うな。お前だけでも、降りろ」

「そんなの嫌です！」

頑なに言い張ると、蘇芳は根負けしたような顔をして笑った。まるで子供に駄々をこねられでもしたかのようだ。愛されている者だけが、その視線を注がれることを許される。言葉なんかよりも愛情を感じられる目だ。

「今でも、お前を可愛いと思ってるよ」

「……っ」

肩を大きく上下させながら、蘇芳はそう言った。そして、陣乃の首の後ろに手を伸ばして自分のほうへと引き寄せ、額と額を突き合わせる。

「お前の、言う通りだ。十年前……親父に、脅されて……っ、……別れるしか、なかったんだよ。それにな、俺は……ＮＧＯに参加するつもりなんだ。そのうち日本を離れる。それなのに、ヨリを戻したりなんかしたら……」

「ＮＧＯに？」

「ああ、もう……資料は揃えて、……いるんだ」

陣野は、蘇芳病院で立ち聞きした少年との会話を思い出した。外国に行くというのは、このことだったのだ。まさか、そんな理由が潜んでいようなどと思うはずがない。しかし、蘇芳らしい選択ではある。自分が想い焦がれ、慕っていた男はずっとここにいたのだ。

「……っ、本当は、今でもお前を……愛している。だから、行け」

「蘇芳、さん」

「そんな、顔、するな……。……頼むから……っ、行ってくれ」

陣乃は、強く唇を噛んだ。

どうして今、ここでそれを言うのか。なんてずるい男なんだと、思わずにはいられなかった。これでは十年前と変わらない。自分には守らせてはくれないのかと、訴えたくなる。

「一緒に降りましょう。大丈夫ですよ。俺が支えてあげます」

陣乃はそう言い、梱包用のビニール紐を幾重かにして自分と蘇芳の躰を結び始めた。

「何、してる？」

「命綱です。本当は、俺が上から支えながら先に下まで降りてもらうのが一番いいんですが、長さが足りないんで。蘇芳さんが降り始めたら、俺も行きます。あなたが多少足を滑らせたりしても、俺が踏ん張ればなんとかなりますよ」

「そんなこと……」

「できなくてもやるんです！　ＮＧＯに参加するんでしょ？　危険地帯に行ってまで、誰かを助けたいって夢があるなら、まず自分が助かることです」

煙が入り込んできて、次第に息苦しさが増した。もう限界だ。これ以上煙を吸うと、危ない。

「嫌だといっても、ダメですよ。揉めている暇はありません。裁判にだって協力してもらいます」

「お前は、本当に、諦めの悪い、奴だな」

「そんなこと、あなたが一番よく知ってるでしょう？」

陣乃の言葉に、蘇芳はクッと笑った。昔よく見た蘇芳の笑顔だ。

「――わかったよ」

机の上に乗り、窓から下を見て覚悟を決める。

陣乃と蘇芳を結んでいる紐の長さは、約三メートル半。お互いの動きが邪魔になることはないだろう。多少の怪我は避けられないだろうが、死ぬよりマシだ。

いちかばちか覚悟を決め、カーテンを握る。

「じゃあ、蘇芳さん。まずあなたが……」

そう言った時だった。

（――え……？）

躰がふわりとなったかと思うと、陣乃は窓の外へ躰を押し出された。

「うあ……っ」

ザザザ……ッ、とビルの壁に躰を擦られながら落ち、窓から三メートルほど下のところでとまる。

一瞬、自分の身に何が起きたのかわからなかったが、上を見ると、蘇芳が命綱をしっかりと握って踏ん張っているのが見える。

「彰之っ、そのままカーテンをしっかり摑んでろ！」

「ちょ……っ、どういうことです！」

「やっぱり、お前が先に下りろ。二人一緒は、無理だ。いいか、ロープを切るぞ」

「やめてください！　待って……」

「つべこべ言うな。もう遅い」

蘇芳はそう言って、二人を繫いでいるビニールのロープをライターの火で炙《あぶ》って切ってしまった。

信じられずに目を見開いたまま上を見上げていた陣乃を、蘇芳の優しげな視線が捉える。

「彰之。本当に、お前を愛しいと思ってるよ」

「……蘇芳、さん」

「お前と再会した時、少しも変わってないのが嬉しかった」

「蘇芳さんっ！」

最初からこうするつもりだったことを見抜けなかった自分に、腹が立った。そしてそれ以上に、再び自分を犠牲にしようとする蘇芳にも……。

ここまできても、守られるのか。

そう思うと悔しくて、戻って蘇芳を殴りたい気持ちに駆られた。だが、カーテンを握っていた手のひらは滑り落ちた時の摩擦《まさつ》で火がついたように熱い。這い上がることなどできそうになく、陣乃は悔しさに唇を嚙みながら急いで下へ降りていった。

ようやく地面が近くなると、手を離して飛び降り、蘇芳のいる窓を見上げる。

「蘇芳さ……、――っ！」

そこにはすでに、蘇芳の影はなかった。

立ち上る黒い煙がすごい勢いで夜空に吸い込まれていき、その後ろからは空気を舐めるかのように赤い舌を躍らせている。ようやく駆けつけた消防隊員が消火活動を始めたが、路地が狭くてなかなか作業が進まない。

「大丈夫ですかっ！　早くここから離れて！」

「まだ中に人がいるんです！」

「わかってます。あとは我々に任せてください！」

一刻も早く陣乃を現場から引き離そうとするが、蘇芳の姿が消えたあの窓から目を離すことができない。

夜空に舞う赤い火の粉。

焼け焦げた匂い。

次々と到着する消防車のサイレン。

半ば放心したまま、消防隊員に引きずられるようにして連れて行かれる。

『彰之。本当に、お前を愛しいと思ってるよ』

最後に見た蘇芳の表情が、忘れられなかった。

火の手がすぐ後ろまで迫っているというのに、陣乃を見下ろす目は穏やかだった。安心したような、そして満足したような目が今でも脳裏に焼きついており、涙が溢れる。

「――裏切り者っ！」

陣乃は思わずそう叫んでいた。

一緒に降りると約束したのに、自分を助けるために、蘇芳はまた自分を裏切ったのだ。悔しくて、悲しくて、心が張り裂けそうだ。

死んだら許さない。

そう思うが、その言葉をぶつける相手の姿はどこにも見えない。

すでに路地には野次馬《やじうま》が集まり始めており、陣乃は間を縫うようにして救急車に乗せられた。


陣乃が仕事の合間を縫って蘇芳の父親の病室を訪ねたのは、それから二週間ほどが過ぎてからだった。見舞いの花束を持ち、特別室のドアをノックする。中から聞こえてくる若い男性の声で中に入ることを許されると、陣乃はゆっくりとドアを横にスライドさせて病室へと入った。

陣乃を見て、スーツを着た若い男は怪訝そうな顔をする。

蘇芳の父は、ベッドの上だ。

「お加減はどうですか？」

「何しに来た？」

蘇芳の父は、以前会った時とあまり印象は変わらなかった。髪や口髭に白いものが混じっているが、特に老けた印象はない。精力的に仕事をしている人間が持つ覇気が感じられる。

「お見舞いですよ。田辺さんが自首してきた時、つき添っていたのはご存じですよね。あの人が何を話したか、聞きたくありませんか?」

蘇芳に言った時と同じ餌で、陣乃は院長の関心を煽った。すると、話を聞く気になったようでベッドの自動リクライニングを起こした。そして、スーツを着た若い男にしばらく外すよう指示すると、彼は黙って病室をあとにする。

「ご無沙汰《ぶさた》しております。こうして話すのは、父の件で会って以来ですかね」

「また恨み言でも言いに来たのかね?」

蘇芳の父は、落ち着いた態度で陣乃に言った。田辺に刺された傷の具合はいいようで、怪我人という感じがあまりしない。言葉もはっきりしており、白衣を着せて院内を歩かせてもいいのではないかと思えるほどだ。

「勘違いしちゃいかん。わたしがあんなことをしたのは、君が忠利を誘ったからだ。忠利とあんな関係になりさえしなければ、わたしは君の両親を追いつめるようなことはしなかった」

「ええ、そうですね。わかってます」

「忠利を誘ったと、認めるのか?」

「先に好きだと言ったのは、俺のほうでしたから」

さすがにここまで病院を大きくしてきただけはある。

蘇芳の父は、陣乃の言葉に少しも動じる様子はなく、じっと聞いていた。こんな男にかかれば、大学生だった蘇芳を黙らせることなど簡単だっただろう。ましてやまだ高校生だった陣乃が、まともに太刀打ちできる相手ではない。

父親の件で病院に押しかけた時のことを思い出し、味わわされたくやしさを反芻した。

だが、今は違う。何もできない子供じゃない。

今度は自分がこの男に煮え湯を飲ませる番だ。

「院長。息子さんを俺にくださいませんか？」

サラリと、まるで天気の話でもするかのように、陣乃は言った。事実、陣乃の視線は窓から見える青空に注がれている。

故意に余裕のあるところを見せつけようとしたわけではないが、蘇芳の父にしてみれば、そんな態度を取られて面白くなかったのだろう。明らかに気分を害したような顔をして、唇を歪めて笑う。

「君は、頭がおかしくなったのかね？」

「どうしてです？」

「だってそうだろう。過去に恋路を邪魔されたなんて知られたら、裁判で不利になるぞ。逆恨みをするあまり、訴訟なんて起こしてるんだとな。それに昔のことが世間にバレれば、これから依頼なんて来なくなるんじゃないのか。君の弁護士事務所を訪れるすべての人間に、昔話をしてやってもいいんだぞ。お前がホモの弁護士だってな」

「あなたにそれができますかね」

陣乃はゆっくりと窓際まで歩いていき、窓を開けた。

静かな病室に蟬の声がなだれ込んできて、空調の効いた無機質な空間から否応《いやおう》なく残暑の中へ引きずり出してくれる。下のほうから聞こえてくる子供の笑い声は、患者の家族のものだろう。きゃははは……、という楽しげな声が、夏を惜しむような名残りの蟬に重なった。

穏やかな午後が眼下に広がるのをぼんやりと眺め、落ち着いた口調で続ける。

「俺たちのことが公になって困るのは、何も俺だけじゃあない。あなただって、自分の息子が男とデキてたなんて世間に知れたら困るでしょう」

「脅迫かね？　このわたし相手に、大それたことをするもんだ」

心底忌々しいと言いたげな口調だった。

それは、蘇芳の父が初めて見せた感情だったかもしれない。

今さらながらにこの男も人間だったのだと思い、陣乃は少し笑った。あの頃は、太刀打ちできない大きな壁のようなもので、とてもそんなふうには思えなかった。

「十年前の父の事件。あの時の看護師の方と会いました」

「なんだと？」

「彼女は嘘をついて父を窮地に陥れたことを、心底後悔してましたよ。父には、一年ほどして謝罪に来たんです。十年前にあなたが父にしたことが公になれば、病院の信用は落ちるでしょうね。田辺さんに刺された事件も新聞で報道されてますし、今のあなたは小さなスキャンダルでも避けたいんじゃないですか？」

陣乃は躰の向きを変え、窓に背を向けると蘇芳の父と向き合った。まっすぐに自分を見る陣乃の視線を、この男はどう捉えたのだろう。

怯むなんてことのなさそうな男が、声も出せずに硬直している。

「他に何人の人間があなたに利用され、あなたを恨んでるんだろうって、ずっと考えてました。きっと、両手じゃ足りない。それに加え、俺の事務所の火事。あれは完全な失敗でした」

蘇芳氏はサッと顔色を変えた。おもしろいほど顕著《けんちょ》な反応だ。

父親と同年代の男を苛めて悦ぶシュミはないが、正直なところ、こわばった表情に多少なりとも快感を覚えていたのは事実だ。

我ながら嫌な性格をしていると思うが、続けさせてもらう。

「田辺さんの代わりにあなたの手足となった人は、あまり有能ではないようですね。蘇芳さんと俺が昔のような関係に戻ってないか、身辺を調べさせていただけのようですが、逃げる時に追ってこられないよう火をつけてしまった。思いのほか火の手が広がってあんなことに……」

「わ、わたしは知らん。わたしには、関係ないことだ」

「そうですね。あなたがそうしろと指示したわけではないですし、雇われた男が捕まっても、あなたが直接お咎《とが》めを受けることはないでしょう。でも、依頼人は中傷のビラを撒かれてますし、俺は襲われて頭を縫うほどの怪我もした。悪い噂を広げようと思えばいつでもできます」

「何が言いたい？」

警戒心をむき出しにする蘇芳氏は、まるで怯える小動物だ。

「取引をしに来たわけじゃないんです。どうして欲しいなんて言いません。ただ……」

「ただ？　なんだね」

「あなたの息子さんがね、俺をなかなか受け入れてくれないんですよ。十年前、あなたが俺をダシに脅迫をしたのが、トラウマになってるんですかね」

陣乃は窓枠に手を置き、軽く腰を乗せたままの体勢で微笑むようにして蘇芳氏を見下ろした。決してあなたに敵意はないと意思表示しているような、社交的で優しげな眼差しだ。しかし、それが逆に蘇芳氏の気持ちを逆撫でしている。

こんな若造に和平交渉などされたくない、といったところだろう。

陣乃は微笑んだまま、そして蘇芳氏は憎々しいといった表情でお互いの顔を見ていた。窓の外から父親を呼ぶ子供の笑い声がし、風がカーテンをふわりと翻す。

我慢しきれなくなったのか、蘇芳氏の口から絞り出すような声が漏れた。

「……淫乱め。とんだオカマ野郎だ」

「否定はしませんよ」

さも忌々しいといった口調に満足し、陣乃は窓枠から腰を離した。そして、ゆっくりとドアのほうへ向かいながら蘇芳氏に流し目を送る。

「ただ、俺でもその気になれば、少しはあなたを追いつめられる札を持ってるって、それを伝えたかったんです。十年前のように、俺の安全と引き換えに自分の息子を脅そうとしても、無駄ってことです。裁判は正々堂々と闘いましょう。それから、これ、お返ししておきますよ。始めはあなたの息子さんがやらせたことだと思ってましたが、違ったんだですね」

事務所に仕掛けられていた盗聴器をポケットから取り出し、布団の上に置いた。それを見た蘇芳氏がわずかに顔色を変えるのを、陣乃は見逃しはしなかった。これでは、自分がやらせたと白状しているのと同じだ。

蘇芳氏は顔に出してしまったことに気づいてハッとなったようで、表情を取りつくろって陣乃を見上げたが、もう遅い。あまりにわかりやすい反応に、これまでそびえ立つ山のように手強い相手と思

っていた人物が子供のように見え、鮮やかに笑ってみせた。

「では、またお会いしましょう」

陣乃は一方的に自分の言いたいことだけを言ってしまうと、最後に「では、お大事に……」と残してドアに向かった。

廊下には先ほど病室にいた若いスーツの男が立っており、軽く会釈《えしゃく》をしてすれ違った。この男も田辺のように使われていくのかと思うと、少し哀れな気がする。

病院を出ると陣乃は一度立ち止まり、建物を見上げた。

十年前に父親の件でここを訪ねた時、蘇芳の父はまるで野良犬でも追い払うかのように田辺たちを使って陣乃を追い返した。あの時、この建物がとてつもなく大きく見えた。だが今は、穏やかな目でこれを見ることができる。

退院する患者だろう。看護師たちに見送られながら、母親らしき女性の運転する車に乗り込む少年の姿が目に入る。笑い声とともに感謝の言葉が聞こえてきて、陣乃は日常の風景を少し眺めてから踵を返した。


それから陣乃は、蘇芳のマンションに向かった。蘇芳が日勤じゃないことは、先ほど病院に電話を入れて確認済だ。

陣乃が訪ねてくるとは思わなかったのか、インターホンに出た蘇芳は少し驚いた様子だった。多少の押し問答のあとエントランスのロックを解除させ、部屋に向かう。着替えの途中だったらしく、蘇芳はスラックスとノーネクタイのワイシャツという格好だった。袖のボタンも外されている。

これまで男の着替えに興奮したことはなかったが、陣乃は今、紛れもなくその姿に欲情を覚えていた。

「どうした？」

「どうしたって、お見舞いに来たんですよ」

陣乃は靴を脱いで勝手に上がり込み、部屋の奥へと進んだ。部屋の持ち主であるはずの蘇芳が呆れ顔であとからついてくるのが、少しおかしい。

蘇芳の部屋は殺風景で色気に欠けており、女の匂いなどなかった。

仕事ばかりしている男の部屋だ。

だが、陣乃にとっては、蘇芳の匂いの染みついた空間は、それだけで特別な感情を掻き立てるものである。

「傷、どうですか？　元気そうじゃないですか」

「ああ、我ながら驚異的な回復力だよ。腹の傷はまだ引きつった感じはあるが平気だ」

あの火事以来、こうしてまともに話をするのは初めてだった。

あの時、怪我を負った蘇芳は自分が助かることは諦め、陣乃を騙して先に窓から逃がした。そして煙を吸い込み、そのまま力尽きたのである。火はすぐに消し止められたが、消防隊員が駆けつけた時には、意識はなかった。

いったん呼吸は停止状態になっていたが、懸命な救命措置《そち》により息を吹き返したのである。

一歩間違っていれば、蘇芳はこの世にいなかっただろう。

こうして蘇芳の部屋にいて、蘇芳と話していることが、信じられない。

「蘇芳院長に会ってきました。お元気そうでしたよ」

「親父に会って、何を言ったんだ？」

「息子さんを俺にくださいって」

蘇芳は、驚いたようだった。表情には出さないが、反応がない。多少なりとも動揺しているのかと思うとおかしくて、さらに続ける。

「俺の安全と引き換えに、蘇芳さんを脅しても無駄だって言いました。事務所の火事もですが、裁判が終わるまで、院長はこれ以上思い切ったことはできないはずです。俺とあなたのことが、裁判に影響することはありませんし、あとはあなたの気持ち次第です」

「滅茶苦茶するな、お前は」

「なんとでも」

「だが俺は、そのうち日本を出たり戻ったりの生活が続く。いつ帰ってくるかもわからないんだぞ」

「十年も嘘をつき続けられたんですよ。今さら遠距離恋愛なんて気にしませんよ。裁判も当然協力してくれますよね？」

「当然、か……」

「俺は欲張りなんです。裁判にも勝ちたいし、あなたも欲しい」

陣乃は「どうだ」といわんばかりに蘇芳と対峙した。小さな反応すら見逃すまいと、じっとその姿を見つめる。

必死だった。ここまできて、フラれたくはない。

「……裏切り者。あの時、一緒に降りるって約束したのに、ひどすぎます」

「お前を助けたかったんだよ」

「あの時に言った言葉、覚えてますか？　俺のこと、愛しいと思ってるって」

「ああ」

「死を意識したから、本音が出たんでしょう？」

蘇芳がまだ迷っているのは、わかった。

裁判が上手くいっても、そのあと蘇芳は海外に行く。自分が外国にいる間、蘇芳の父が何か仕掛けてこない保証はない。けれども、たとえこの先に破滅が待っていようが、蘇芳と一緒なら構わなかった。蘇芳が自分を少しでも求めてくれるのなら、一歩を踏み出したい。

「もう、我慢できません。抱いてください」

陣乃は、表情を変えずに静かに言った。まるで仕事の交渉でもしているような口調である。

だが、それはすぐに崩れ、陣乃は蘇芳のほうへ足を踏み出した。

「……抱いてください」

苦しさのあまり迫るように訴え、自分から唇を重ねる。蘇芳の首に腕を回し、舌を絡ませる情熱的なキスで蘇芳を誘った。

自分が発情しているのが、わかる。

「おい。俺はまだ怪我人だぞ」

「俺が動いてあげますよ。ベッドに行きましょう」

これではただのメス犬だと思いながらも、蘇芳がその気になってくれるよう、さらに積極的に誘った。股間《こかん》に手を伸ばし、ズボンの上からゆっくりと揉みしだく。

蘇芳の中心は、陣乃の稚拙な愛撫にもすぐに反応し、みるみるうちに大きく育っていった。硬くそそり勃ったそれは手の中には納まりきらず、隆々とした逞しい姿を陣乃に想像させる。同じ男として多少の嫉妬もあるが、同時に悦びがあるのも事実だ。

自分を征服する男は、こうでないと困る。

「……おい」

「なんです？」

「そんなふうに、誘うな」

「誘いますよ。いい加減、観念してください」

脅迫めいた言葉を口にすると、蘇芳はようやく受け入れる決心をしたらしく、陣乃の腰に腕を回した。そして二人は、なだれ込むようにベッドルームへと移動する。

「……ぅん、んっ」

自ら蘇芳の唇に口づけながら、ようやく手に入れた男をベッドに押し倒した。蘇芳が自分の気持ちに応えてくれる気になったのが嬉しくて、ますます気持ちが高揚してしまう。抑えようにも、自分の意思ではどうにもならない。

蘇芳に跨るような格好で上に乗り、精一杯誘った。

「こんなふうに俺を煽りやがって……知らないぞ」

「いいですよ、あなたになら、何されたって。ねぇ、蘇芳さん。今度は、何を挿れてくれるんです？」

「何って……」

「昔は、いろんなもん突っ込んでくれた癖に……。氷、冷たかったんですから」

「すぐに出してやっただろうが」

「万年筆も……いたいけな高校生に、よくあんな真似ができましたね」

「お前が、いいって言ったからな」

「そりゃあ、あなたが好きでしたから。今も好きですよ」

言いながらスーツの上着を脱ぎ、自分でネクタイを緩めた。かつて幾度となく蘇芳に抱かれた躰は、昔を思い出して激しく疼いている。

蘇芳だから許すことができた。

今もだ。

今も、相手が蘇芳だからこんなにも昂っている。

昂りすぎて、どうにかなりそうだ。

「お前……、いつの間に、こんなふうに誘うことを、覚えたんだ？」

「オトナですから。十年も放っておかれて……限界なんですよ。早く、俺を宥めてください。でないと……一人でやっちゃいますよ」

「アホ。そんなもったいないことさせられるか」

蘇芳の手が誘われるように陣乃の脇腹に伸び、ワイシャツの上からそのラインをなぞった。息が上がり、躰が小さく跳ねると蘇芳は満足げに笑う。

「ぁ……」

触れられた部分から熱を帯び、ジリジリと焼かれているようだった。

我慢できなくて、もどかしくて、蘇芳が身を起こすと甘い吐息を漏らしながら頭を掻き抱いてもっと深く愛してくれと訴えた。するとそれに応えるように、蘇芳はワイシャツの上から胸の突起を探り当て、弄り始める。

そこがつんと尖っているのがわかり、シャツに擦られるだけでも痺れるほど感じた。愉悦《ゆえつ》の波は、陣乃を呑み込み、次第に狂わせていく。

「あなたの、父親に、……淫乱って……っ、言われました。——あ！」

「親父の、言いそうなことだ」

「自分でも……っ、はぁ……っ。んぁ……、そ、思います……っ」

「俺は、お前が積極的なのは、興奮するけどな。……くそ。お前が、来るって、知ってたら……ちゃんと準備して……」

「俺がしてます」

陣乃はズボンのポケットから、小さなチューブを取り出して渡した。

それは、ドラッグストアで買ったハンドクリームだった。蘇芳氏の病室を訪れる前に買ったものだ。

「これだけか？」

「……っ、なん、です……？　……ぁ……」

「これだけかって聞いてんだよ」

「それ、だけです……っ」

息を上げながら答えると、蘇芳はクスリと笑った。

「だからお前は、可愛いんだよ。淫乱ってのはな、お道具をいっぱい持ってきて、これもあれも挿れてってねだるような奴のことを言うんだよ。せめて山いも成分入りのローションくらい持って来い」

からかうような口調に、有利な立場にいたはずの陣乃が少しずつ追い詰められていく。

自分では大胆なことをしているつもりだったというのに、可愛いなんて言われ、急に羞恥心が湧き上がった。はしたない男だと言われるより、悪い。

この男をリードするなんて、所詮無理な話なのだろうか。

「ったく。本当にタチが悪いな、お前は」

蘇芳は陣乃のベルトを外し、下着ごとスラックスをはぎ取ってしまった。さらに、まだ腕のところに絡まっているシャツも引きはがすと、自分も全裸になる。

そしてクリームをたっぷりと指に掬《すく》ってから、硬く閉ざした蕾を探った。

「本当に、なんでも挿れていいのか？」

「いい、ですよ。なんでも、蘇芳さんが、そうしたいなら……っ」

「こんなことなら、いろいろ用意しとくんだったよ」

「これから、いくらでもできるじゃ、ないですか」

「蛍光灯なら、天井に、あるぞ」

「さすがに、あれは……、遠慮……、ぁ……っ、……してておきます」

ゆっくりとした指の動きがもどかしくて、どうにかなりそうだった。

焦らしながら火をつけていくやり方に、翻弄される。かつて蘇芳と深く交わった躰は、足りないと感じるほどに深く欲しがり、昔を思い出して急速に熟れていった。

堪えきれず「早く……」と小さく訴えるが、いざそれが奥へと侵入してくると、苦しくて眉をひそめる。

「ぁう……っ」

呼吸が定まらず、蘇芳の指の動きに合わせて熱い吐息が漏れた。

自分のすべてを蘇芳に握られている気分だ。だが、好きな男に征服されるのは嫌いではない。いや、むしろ好きだ。自分のものだと主張されるほどに、悦びに包まれる。

こんなふうに仕込んだのは、蘇芳だ。

「蘇芳、さん……っ。……ぁあ」

「声、もっと聞かせろ」

「ぁあ……っ」

後ろを嬲る指に思いのまま煽られ、あまりの愉悦に耐えかねて蘇芳の首にしがみついて顔を埋めた。鼻を掠めるのは、微かな男の体臭。

それを嗅いでいると、中心がいっそう硬く張り詰めていくのを感じた。

こんなものに発情する自分は、やっぱり淫乱なんだと思いながらますます深みに落ちていく。

「彰之。この十年の間、お前のことを……忘れたことは、なかったよ」

「俺もです……っ、俺も……っ、——ぁ……っ！」

蘇芳の指に夢中になりながらも、これまでの長い年月を思い出し、いっそう躰を熱くした。蘇芳を恨んできた十年。忘れようとして、忘れられなかった十年だ。

それほど、蘇芳との関係は濃厚だった。

「あなたの嘘を、鵜呑みにして……っ。――ぁ……っ。……はぁ……っ。憎くて憎くて……、殺したいほど、憎いって……。でも……っ、……ずっと、好きでした」

「……彰之」

「あなたを、忘れたことなんて……なかっ……――ぁあっ！」

蘇芳は余裕で陣乃が乱れる姿を眺め、愉しんでいた。そして、焦らすように指であそこを嬲りながら、問い詰めてくる。

「なぁ、彰之。俺と別れてから、女は何人抱いた？」

「あぁ……、んあぁ……」

「何人だ？」

「ぁ……ん、……ん」

「何人だと聞いてるんだ」

「さ……っ、三人」

切れ切れに息をしながら、なんとかそれだけ答えるが、蘇芳は納得しない。

「嘘つけ。お前、モテただろうが。女がほっとくか」

すっかり見抜かれていることに観念し、正直に告白した。

「……、……五人、です」

特別多いとは言えない数ではないが、蘇芳にとっては十分嫉妬心を煽るものだったらしい。それを聞くなり、指は容赦なく陣乃を攻め始める。

「あ！　……痛い、です。……痛い」

「我慢しろ」

「痛……っ」

そう簡単に泣き言を漏らすタイプではないだけに、慣れない痛みにつらいと訴える陣乃の姿は、人の奥に眠るサディズムの血を騒がせる。だが蘇芳は、傷つけてしまう寸前のところで巧みに指を操り、陣乃から劣情を引き出していった。

陣乃は、こんなにも浅ましい獣を自分の内に飼っていたなんて……、と思わされながら、次第に痛みにすら悦びを見出している自分がいることを知る。

「まさか、男を喰ったり、してないだろうな」

「……ぁあ、あ……、……っく」

「どうなんだよ」

「さぁ、どう、……ですかね……。あ！　や……っ。ぁあ……っ、――ぁあっ！」

自分ばかりが翻弄されるのが少し癪《しゃく》で、つい挑発的に返してしまったが、嫉妬に駆られるように蘇芳は陣乃を組み敷いていきなり腰を進めた。

煽ったのは、完全な間違い。

「んぁっ、……はぁ……、はぁ……っ」

力強く脈打つ灼熱の塊を、瀕死《ひんし》の兎《うさぎ》のように震えながら躰の奥まで受け入れる。

「挑発するなよ」

「あぁ、……はぁ……、……っ」

「何が『どうですかね』だ。こっちは、処女みたいに締まってやがる癖に」

蘇芳は怒張をずるりと引き抜くと、再び根元まで納めた。

「……っく」

息をつく暇を与えられず、ゆっくりとした抽挿で攻められて苦悶の表情を浮かべる。

主導権はすでに蘇芳へと移っていた。促されるまま声をあげ、悦楽のうねりに飲み込まれ、深く溺れていく。

「蘇芳さ……」

「ほら、動いてみろ。お前が、動いてくれるんだろう？」

「——ぁう……っ！」

蘇芳は陣乃の躰を抱え上げてもう一度自分の上に座らせると、陣乃に自分の気持ちを示せとばかりに促した。苦しいが、求められているのならそうしたいと、蘇芳の首に腕を回して頭をぎゅっと抱き締める。

「んぁ、あ、……蘇芳、さ……。……はぁ、……好き、ですよ。……すごく、好きです」

蘇芳を咥え込んだまま、陣乃はゆっくりと腰を回した。動くたび、汗を滲ませた陣乃の背中が蠢《うごめ》き、あそこで蘇芳を喰らう淫らな姿をいっそうのものにする。

汗ばんだ肌に手を這わせ、しなる背筋をなぞる蘇芳の指。指はやがて腰へと移動し、スタイルのいい双丘の窪みへと伸びていった。繋がった部分を探り当てた指は、悪戯にそこをなぞり、戯《たわむ》れてみせる。

「んぁ、……あ、蘇芳さん……、……蘇芳さん……っ」

陣乃は熱に浮かされたように名前を呼びながら、自分から腰を擦りつけてさらなる愉悦をせがんだ。辱《はずかし》められるほどに燃え上がる自分をどうすることもできず、虚ろな目で蘇芳を見つめると唇を重ねる。

「ん、ぅんんっ。んんっ」

求め合う口づけに酔いしれながらも、時折額をつき合わせてお互いの表情を確認した。

「んぁ、あ、……んあぁ」

「どうした？　もうギブアップか？」

「ん……、……いえ。……ぁ」

親指の腹でカリの部分を擦られ、先ほどから先端で堪えていた透明な蜜が形を崩し、瞬く間に溢れた。嬲られ、ひくひくと卑猥に震える。

「ほら、見ろよ。お前、もうこんなだ」

「はぁ……っ、あっ！」

「もっと弄って欲しいか？」

「うん……、んぁ……っ」

前も後ろも辱められ、思考は停止状態だった。ただ、蘇芳が与えてくれる愉悦を貪ることしかできない。

「気持ちいいか？」

「……っ、……はい。気持ち、いい……です。……っ、……すごく」

「俺もだよ」

耳朶を嚙まれながら優しく囁かれると、ますます快感は増した。じっくりと回し、奥を突き上げる

蘇芳の遣り方に夢中になり、我を忘れる。

「ピアスのところ、跡がわかるな」

そう言われ、蘇芳に捨てられた日のことを思い出した。心が引き裂かれるような悲しみを思い出すにつれ、この幸せを深く噛み締めてしまう。

「今度、もう一度開けてやる」

「……駄目、ですよ……。弁護士が……ピアスなんて……、印象が……」

「見えないところにだよ。ここ とか、ここ とか……ここ」

「ぁ……っ」

「それとも、こっちがいいか？」

「ぁあっ！」

いやらしく躰を弄り回す蘇芳に、敏感に反応した。じっくりとした愛撫は、十年前より遥かに巧みに陣乃を狂わせる。長い歳月を埋め合わせていくような、濃厚な行為。

その夜、二人は長い時間をかけてお互いを貪り、深く求め合った。


汗がようやく引くと、陣乃は額に貼りついた前髪を搔きあげた。けだるい空気に身を任せ、じっと天井を眺めている。

「大丈夫か？」

蘇芳が身を起こして覗き込んでくると、少し虚ろな視線を向けた。あんなに激しいセックスは久しぶりで、脳味噌が溶けてしまったかのようだ。

蘇芳が相手だと、どこまでも獣になれる。

「相変わらず、手加減なんてしない人ですね」

「お前が挑発するからだ」

苦笑する蘇芳は、魅力的だった。ようやくこの男を手に入れたんだと思うと、嬉しくてならない。

ずっと憎み続け、恋い焦がれてきた相手だ。

もう二度と離すもんかと、心の中で誓う。

「ねぇ、蘇芳さん」

「なんだ？」

「一緒に闘いましょう。今度は、一人で背負わないでくださいね」

「俺はまだ裁判に協力するとは言ってないぞ」

「でも俺を抱いたってことは、そういうことなんでしょう？」

当然のように言う陣乃に、蘇芳は苦笑した。

今、激しく抱き合ったばかりだというのに、余韻もロクに味わわせずにこんな色気のない話をするなんて……、といったところだろうか。

女の立場で抱き合うのは陣乃のほうだが、案外陣乃のほうが男らしい性格をしているのかもしれない。

「わかったよ。だけど、本当にいいのか？」

「俺は蘇芳さんに守ってもらいたいわけじゃないですから」

「そんなタマじゃなかったな」

「ええ。ですから存分に協力してください」

蘇芳が、ふ、と笑うと、陣乃も口許に笑みを浮かべた。

これから、やることは山積みだ。だが、やるからには勝つ。

陣乃はそう自分に言い聞かせ、もう一度自分に伸しかかってくる恋人の背中に腕を回した。

エピローグ

夏が来ようとしていた。

視界はグリーン一色に染まっており、色鮮やかな若竹が地面から空に向かって伸びている。強い日差しは生い繁った竹に遮られているため、陣乃の立っている場所は澄んだ涼しい空気に満ちていた。

鼻腔を満たす竹の香りが、気持ちを落ち着けるのにちょうどいい。

陣乃は最後にもう一度……、とばかりに深呼吸し、腕時計で時間を確認した。そろそろ事務所に戻らなければならない時間だ。

あれから二年――。

蘇芳病院を相手どった裁判は、病院側が全面的に非を認めて損害賠償《ばいしょう》を支払うということで、和解が成立した。原告である日高も、医師が自分のミスを認めて謝罪したことで気持ちの整理はついたようだ。

今は、新しい人生をしっかりと歩んでいる。

病院側が態度を変えたのは、蘇芳が陣乃側についたことが大きかったようだ。外科医の立場から、腹膜炎の手術はそう難しいものではなく、この患者の場合、適切な時期に開腹手術を行っていれば手術後にエンドトキシンショックを起こして死亡することは考えられず、原因は手術時期の遅れだろうと指摘した。現場に居合わせた看護師の白石も、長い説得の末に証言してくれたため、手術に至るまでの経緯に問題があったことが認められた。

そこまで明確にされても、医療裁判では医師の裁量不足を裁くべきレベルのものではないとされることもあり、どう転ぶかは微妙なところだったが、田辺の事件が影響した。

田辺に同情が集まるような悪い噂が流れ、体面を気にする病院側はこれ以上の痛手を受けるわけにはいかなくなったのである。また、院長が陣乃の事務所に盗聴器を仕掛けさせ、依頼人の自宅を監視させていたという証拠を、蘇芳が摑んだのもよかった。

原告側に有利な証言が出始めると、敗訴するリスクを避けて全面的に非を認めたほうが世間の印象もいいと判断したのだろう。あっさりと非を認め、損害賠償の支払いに応じる姿勢を見せた。

そして和解成立後、計ったかのように蘇芳のＮＧＯの参加が正式に決まり、慌ただしく準備をしてあっという間に日本を発《た》ったのである。

今は海外の紛争地域で医療活動を行っている。

（もう、こんな時間か……）

車に乗り込んだ陣乃は急いで事務所に戻り、郵便物を手に五階へと上がっていった。毎日のように放り込まれる広告の類と、取り寄せた資料など、仕事関連の物。

今日も蘇芳からの手紙はない。

エレベーターを降り、事務所に入ると丁度電話が鳴っていた。携帯に転送するよう設定してあるが、それが鳴り出す前に事務所の電話を取る。

受話器の向こうから聞こえてきたのは、蘇芳の声だった。

「……蘇芳さん」

『久し振りだな』

「よく電話できましたね。それどころじゃないと思ってました」

『実はいったん帰国することになってな。今、日本に向かっている途中なんだ。明後日にはそっちに着く』

サラリと言われ、突然のことに陣乃はしばし返事に困った。久々に会えるというのに、嬉しいと実感することもできず、夢でも見ているような感覚に陥る。

「それ、いつ決まったんです？」

『一カ月くらい前だ』

陣乃は呆れた。

それならそうと早めに言ってくれればいいものを……。

しかし、よく考えるとひと月も前に教えられれば、長い間、蘇芳が帰ってくるのを指折り数えながら待つだろう。仕事中に蘇芳のことばかりを考えるようになっては困る。

案外、それを見越してのことなのかと思い、陣乃は蘇芳なりの優しさを感じた。

『俺がいない間、浮気なんてしてないだろうな』

わざと疑ってみせる蘇芳に、呆れた声で答えた。

「してませんよ。何言ってるんです？」

『覚悟しとけよ』

「何をです？」

『慌ただしく出発したからな。まだお前にしてないことが、たくさんある』

耳元で囁くような抑えた声が受話器から聞こえたかと思うと、蘇芳は含み笑いながらこう続けた。

『蛍光灯』

悪戯っぽく言われ、心臓がトクトクと騒ぎ始める。

この男なら、やりかねない。

「いきなりそんな話しないでくださいよ」

『こっちに発つ前は、慌ただしくてお前との時間なんてほとんど取れなかったからな。俺になら、何されたっていいんだろうが。嫌とは言わせないぞ』

「浮気はしてないって言ったでしょ。二年近く放っておかれたんです。いきなり上級者向けのことを求めないでください」

『じゃあ、お前が上級者になるように、少しずつ仕込んでやる』

「そんな時間……」

『あるさ。半年は日本にいるんだ。しばらくうちの病院で働く予定だ』

次第に自分が追いつめられていくのがわかった。冗談めかした言い方をしているが、蘇芳は本気だろう。蘇芳が最低でも半年は日本に滞在するのは嬉しいが、素直に喜べない。

「弁護士は忙しいんです。あなただって……」

『携帯はどうだ？　バイブ機能もついてるぞ』

陣乃の言葉を無視して、蘇芳は勝手に話を進める。

「あのですね」

『医療器具ってのもいいな。俺がお前の躰の隅々まで診察してやる』

「ちょっと、人の話くらい聞いてくださいよ」

『やり手の弁護士様を啼かせるのは、楽しいだろうな。事務所使わせろよ』

妄想が暴走しだしていることに呆れるが、これも蘇芳が無事で生きているからこそだと思うと、なんでも許せる気がした。こんな話をしているが、蘇芳は普段、紛争地域にいるのだ。

いつ命を落とすかもしれないという極限状態で、医療活動をしている。日本に帰ってきた時くらい、好きにさせてやってもいいじゃないかと思えてきた。

いや、厳密に言うと、自分がそうされたいのかもしれない。

滅多に会えない恋人に、自分のすべてを差し出し、すべてを許す。

そうできることが、嬉しい。

「わかりましたよ。だから、早く帰って来てください。なんでもさせてあげますから」

急に態度を変えた陣乃に、蘇芳は一瞬言葉を失ったようだ。

しばしの沈黙のあと、急に真面目な声で熱く囁く。

『覚悟しとけよ。たっぷり可愛がってやるから』

「ええ、待ってます。放っておいたぶん、俺を満足させてくださいね」

受話器越しに、お互いの気持ちが高まるのを感じた。欲情してしまう自分を抑えきれず、熱い吐息を吐く。

もう、待てない。

自分の中の獣が訴えるが、それを宥め、最後に言葉でお互いの気持ちを確かめ合って受話器を置いた。そして、もうすぐ恋人と会える喜びを噛み締める。
蘇芳に会えるまで、あと二日――。

夜は、獣

約二年ぶりの日本だった。

当たり前のように食べ物があり、安全があり、娯楽《ごらく》があり、平和がある。

少し前まで自分がいたところとはまったく違う世界に、蘇芳《すおう》は夢を見ているような気になった。街を歩く女性たちは軽い装いで、初夏の風を受けながら気持ちよさそうにしている。

また、高校生のカップルは人目も憚《はばか》らず、お互いの腰に腕を回し、時折キスをしそうなくらいお互いの顔を接近させて笑い合っていた。

数日前は、銃弾がいつ飛んでくるかわからない場所にいたというのに、この差はなんなのだろうかと思う。不慮《ふりょ》の事故などで命を落とす可能性がないとは言えないが、今見ている人混みの中に、命の危険を感じながら暮らしている人間は少ないだろう。

蘇芳は今、この平和を存分に満喫していた。

陣乃《じんの》に会える――そう思っただけで、少年のように心は浮つき、初めてのデートのプランを立てるように、会ったらまず何をしようかなどと考えてしまうのだ。

「あ、すみません」

すれ違いざまに肩がぶつかり、無意識のうちに自分が足早になっていたことに気づかされる。

心は、すでに陣乃がいる事務所だ。今頃あの古びた事務所で仕事をしているのだろう。道場に通っていた頃から可愛《かわい》がり、一度は自《みずか》らの意思で憎しみを買うよう仕向け、つらい決別をしたものの、今は恋人と言える関係にある。真っ直ぐで、一途《いちず》な想いを向けてくれる相手だ。

きっと自分の帰りを心待ちにしているだろうと、想像する。

蘇芳は地下鉄の切符を買い、入ってきた電車にすぐさま乗り込むと、窓に映った自分の顔をじっと眺めていた。心が急《せ》いてしまうのを、どうすることもできない。

事務所の最寄《もよ》り駅で降りると、飲食店や事務所が多くある街並みが広がっていた。懐かしい風景だ。

あと五分。

駆け出したいのを必死で抑え、蘇芳は目的のビルに入っていき、丁度一階で止まっていたエレベーターに乗り込んでボタンを押した。そして、ようやく事務所に着く。

軽く深呼吸をして中に入ると、蘇芳はカウンターに置いてあった呼び出しのベルを鳴らした。

すると、「はい」と返事が返ってくる。

蘇芳が頭の中に描いていた予定と現実に誤差が生じ始めたのは、これが最初だった。

「いらっしゃいませ」

出てきたのは、二十五歳前後の女性だった。髪を一つにまとめた、感じのいい女性だ。

蘇芳は一瞬、間違って違う弁護士事務所にでも来てしまったのだろうかと思った。しかし、入り口付近に掲《かか》げてあるプレートには、ちゃんと陣乃の名前が記入してある。

「蘇芳といいますが、陣乃先生は……？」

「あ、はい。伺っております。どうぞ中へ……」

彼女は、笑顔で蘇芳を迎えた。

どうやら蘇芳が来ることは、聞いていたようである。出入り口で素性《すじょう》を聞かれることもなく、あっさりと奥に案内され、蘇芳は黙って彼女のあとに続いた。

「陣乃先生。お客様です」

彼女が声をかけたほうに目を遣《や》ると、このところずっと蘇芳の心を占めていた恋人の姿がある。しかし、感動的な再会というわけにはいかなかった。

「あ、蘇芳さん。お久しぶりです」

まるで、別の支店に勤める同僚にでも会ったかのような気軽さだ。一度だけ蘇芳の顔を見たものの、すぐに机の上の書類をまとめ、ハンガーにかけてあった上着を羽織《はお》る。

(出かけるのか……?)

スーツに身を包んだ陣乃は、ネクタイの結び目を整えてから腕時計で時間を確認した。秒刻みでスケジュールをこなしている人間そのものだ。

「ごめん、石丸《いしまる》さん。例の資料、そこに準備しておいてくれるかな」

「あ、はい。もうできてます」

「ああ、ありがとう。助かったよ。それから、十一時を過ぎたらここに電話して、資料を取り寄せておいてもらえるかな?」

「はい、わかりました」

陣乃は彼女が用意していた封筒を受け取り、ブリーフケースに詰め込む。

「すみません、蘇芳さん。バタバタしてしまって」

「外に用事か？」

「はい、急に予定が入ってしまって。三時間ほどで戻ってきますけど、時間を持て余しますよね？

そういえばこっちにいる間は、どこに住むんですか？　まさかご実家とか」

「いや。実はまだ決まってない」

「俺のマンションでいいなら、鍵《かぎ》渡しますけど……。部屋で休んでます？」

「いや。面倒だしな。適当に時間を潰《つぶ》すよ」

「そうですか。じゃあお願いします。石丸さんも、あとのことは頼むね」

「はい、先生。いってらっしゃい」

「行ってきます。蘇芳さん。またあとで……」

陣乃はそう言い残し、ブリーフケースを抱えて事務所を出ていった。そうかと思うと、一分も経たないうちにいったん戻ってきて、車のキーを取ってから再び行ってしまう。

その時は、一瞥《いちべつ》すらくれなかった。

二年ぶりに帰ってきた恋人が、ここにいるというのに……。

（なんなんだ……）

あまりの慌《あわ》ただしさに、蘇芳はポカンとするしかなかった。それを見た石丸と呼ばれた女性が、苦笑する。

「お忙しそうでしょう? いつもこんな感じなんですよ」

「そうか。まぁ、仕事が上手《うま》くいってる証拠だな」

「今、お茶を淹れますね。お疲れでしょうから、しばらくごゆっくりされてください」

促され、荷物を置いてソファーに座る。

帰国すると陣乃に連絡を入れたのは、わずか二日前だ。確かに急な連絡だったし、休みを取って待っていてくれるなんて思っていなかった。仕事の予定もあるだろう。特に陣乃は弁護士だ。日々、忙しく走り回り、書類や資料と格闘している時間が長いことも想像できる。

しかし、帰国を伝える電話での会話は、もう少し色っぽいものだった。

『放っておいたぶん、俺を満足させてくださいね』

二年も放っておいた恋人が電話の向こうで言った、大人の要求。

あんなふうに言われれば、それなりに期待はしてしまう。顔を見るなり唇を奪ってやろうくらいのことは、考えていた。いや、実を言うと、そのまま事務所で迫ってやろうかと思っていたのだ。人気《ひとけ》のない事務所で、まだ仕事中だと抗議する陣乃をキスで蕩《とろ》けさせ、スーツをまさぐり、躰に火をつけていく——淫らな妄想《もうそう》ばかりをしていたのは、言うまでもない。

普段は禁欲的で、性欲なんかなさそうな澄ました顔をしている陣乃だが、意外に欲望に弱い部分もあり、信じられないくらい乱れてくれるのだ。そんな陣乃を制限された時間の中で抱くつもりだった蘇芳は、まるで目の前に置かれた餌の皿を奪い取られたような気分だった。

そもそも、出てきたのが感じのいい若い女だったことも、蘇芳が眉間《みけん》に皺《しわ》を浮かべている原因の一つでもある。

(女がいるなんて、聞いてねぇぞ)

給湯室でお茶の準備をする彼女が、蘇芳のところから見えた。

清潔感のある女性というのが、第一印象だ。笑うとエクボができ、黒目の多いパッチリとした二重《ふたえ》の目が、三日月のように細くなる。素直で真面目《まじめ》そうだが、遊びやユーモアを知らないタイプでもなさそうだ。そして、なんといっても声がいい。

柔《やわ》らかで、耳に心地よく響く声だ。聞いていると、どこか癒される。男にはない透明感は、声の仕事に向いているのではないかと思うほどだ。

あんな女性と四六時中いて、多少は気持ちが揺らがないのかと思ってしまう。

自分を慕う陣乃はセックスの時は豹変《ひょうへん》してくれるが、普段は蘇芳から見ても、自分の下に組み敷いた時の姿を忘れさせてくれるほど十分男らしい。そんな陣乃が、女にモテないはずがない。

放っておいたはいいが、今さらのごとく心配になってきて、蘇芳はあらぬ疑いを抱いてしまっていた。

陣乃はまだ若い。性欲はどう処理しているのだろうということまで考えてしまい、いったん浮かんだ疑問はグルグルと頭の中を駆け巡って、止められそうになかった。

自分がこんなに嫉妬《しっと》深い男だったのかと、初めて気づかされる。

「失礼します」

いつの間にか、お盆を手にした石丸が笑顔で立っていた。

彼女はテーブルの横にしゃがみ、蘇芳の前にお絞りと湯呑みを置く。その仕草は優雅で、手も白魚《しらうお》のように細くてしなやかだ。

「ああ、どうも。仕事の邪魔《じゃま》をしてしまったみたいで」

「いいえ。私はもともと雑用メインで雇われてますから」

「ここにはいつから？」

「半年ほど前からです。資格を取るために勉強中で、週に三日だけアルバイトとして働かせてもらってます。蘇芳先生のことは、陣乃先生からよく聞いているんですよ」

「悪口を言ってないだろうな」

そう言うと、彼女はまた目を細めて笑った。やはり、魅力的だ。

段々と心配が本気になっていく。

「先生は海外で医療活動をされてるそうで……、紛争地帯にも行くことがあるって。尊敬します」

「やりたいことをやってるだけだよ」

「それでもすごいです。なかなかできることじゃないと思います」

お世辞ではなく、心からの言葉だとわかった。同時に、彼女が素直な性格の持ち主であるということも。

まいったな……、と苦笑し、出されたお茶に手をつける。

久々に飲む日本茶は、彼女の優しさそのもので、ホッと心を落ち着かせてくれた。


それから蘇芳は、事務所のソファーで少しくつろがせてもらい、昼を回ると食事をするために事務所を出た。以前持っていたマンションは知人の若い夫婦に貸しているため、マンスリーマンションを探すことにする。

蘇芳が活動していた地域に比べると、日本の住宅事情は天国で、場所はすぐに決まった。飲んでも腹を壊す心配のない新鮮な水をシャワーとして全身に浴びるだけでも十分だ。

契約を済ませ、最低限の台所用品とバス用品を買い込んで部屋を使える状態にする。

途中、書店に立ち寄り、いくつか興味をそそる本を買い込んでみた。小説を手にするのも久しぶりで、少し読み始めると止まらず、結局部屋で半分ほど読んでしまった。

ようやく事務所に戻ってきた時には、六時を少し過ぎている。

「あ、お帰りなさい」

石丸は、おそらく陣乃が帰ってきた時もかけているだろう言葉で迎えてくれた。ただの客として扱うのではなく、陣乃の友人に対する親しみを感じる。

人柄というのは、こういうちょっとしたところに出てしまうものだ。

「ただいま。遅くなってしまって」

「すみません。実は陣乃先生も予定が押していて、もう少しかかるそうです。私のほうは仕事は六時までですし、お詫びに蘇芳先生をお食事に連れていくよう言われたんですが。よかったらご一緒しませんか？　陣乃先生の奢《おご》りだそうです」

「君はいいのか？　就業時間外に俺なんかの相手をさせられて迷惑だろう」

「いいえ。私でよろしければ、おつき合いします」

「じゃあ、たっぷり喰ってやるか。あいつの奢りなら、遠慮はいらないしな」

その言葉に、彼女はまた目を細めて笑った。

それから蘇芳は、石丸と二人で近くの居酒屋に向かった。陣乃の行きつけの一つだと聞かされ、この二年間、陣乃がどんなふうに過ごしていたのかを想像する。

店内は狭いが、小さいながらも生《い》け簀《す》があり、魚の鮮度にはこだわっているようだった。出てきたつき出しは春菊《しゅんぎく》のごま和《あ》えで、和食に飢えていた蘇芳を唸《うな》らせた。

「いい味つけだな」

「ええ、ここの料理は本当においしいんですよ」

「彰……、陣乃は、よくここに来るのか？」

「ええ。食事を作る時間がないので、よく外食されてるようです。この先に安くておいしい中華料理店があるんですけど、そちらもよく通われてます」

出てきた生ビールを飲みながら、かつお節のたっぷりかかった焼き茄子《なす》に手をつける。生姜《しょうが》のアクセントが絶妙で、焼き加減も最高と言える焼き茄子だった。ごま油と塩で食べる鶏レバーの刺身も新鮮なものだとわかる甘みがあり、あっという間に一皿ペロリと平らげる。

また、炭火で焼いたブリカマの塩焼きも絶品で、香ばしく焼き上がったそれに、蘇芳は舌鼓《したつづみ》を打った。香りづけのために醬油《しょうゆ》を少し垂らすと、旨味《うまみ》がいっそう引き立つ。

「これも旨いな」

「ええ、お醬油がどこか有名なところのものだそうです。お醬油が美味しいから、白菜のお漬け物もお勧めですよ」

「じゃあ、それも頼むか。どうせあいつの奢りだ。君もたらふく喰っといたほうがいいぞ」

そう言うと、彼女は自然薯《じねんじょ》の麦とろご飯を注文した。細身の躰からは想像できないほどの食べっぷりで、見ているほうが気持ちいい。生海苔《のり》と五種類の刺身の小どんぶりが好物だと言い、平気な顔でご飯ものを追加する姿には、敬服した。

「すみません。私、よく食べるでしょう？　いつも驚かれるんです」

「いいよ。物を美味しそうに食べる人ってのは、見ていて気持ちがいい」

「そういう男性ばかりだといいんですけどね。実は『お前は食べすぎなんだよ』って理由でフラれたことがあるんです。女の癖に色気がないって」

「そんなくだらんことにこだわる男なんて、フラれたほうが君のためだよ。しかし、ここの魚は本当に旨いな。こんな旨い飯を喰ったのは久しぶりだよ」

「ニーズに合っててよかったです。海外にいらっしゃると、日本食が恋しくなると思って」

蘇芳は最後の一口を味わいながら、自然と笑みを零《こぼ》していた。

なるほど。彼女は、海外生活の長い蘇芳のために陣乃の行きつけの中でも、和食の美味しい店を選んでくれたのだ。そんな気遣いも嬉しく、仕事の時も陣乃を上手くフォローしているんだろうと想像する。

完敗だ。

感心するのと同時に軽い嫉妬心を抱きながら、焼酎《しょうちゅう》のボトルを追加して彼女にも勧める。

二時間ほど一緒に飲み喰いし、陣乃から金を徴収するためにしっかりレシートを受け取り、店をあとにした。外はすっかり暗くなっているが、居酒屋の多いこの一帯は活気に溢《あふ》れている。

生暖かい風に乗ってくる笑い声は、けたたましいが不快ではない。

「では、わたしはこれで……」

「俺につき合ってくれてありがとう」

「いえ、こちらこそ。楽しかったです」

駅まで彼女を送ると、蘇芳は事務所へと向かった。ビルの前まで来ると、事務所の明かりが半分だけついているのに気づき、急いで五階まであがっていく。

「あ、蘇芳さん。お帰りなさい」

「戻ってたのか」

「ええ、ほんの今さっき」

ようやく二人でゆっくりできるかと思ったが、陣乃の様子を見ると、まだ仕事は終わっていないようだった。分厚い専門書らしき本を手にしている。ページの前半分に付箋《ふせん》が何枚も挟んであるところを見ると、残りの半分をこれからやろうとしているのが想像できる。

「実はあの……」

「もう少しかかりそうなんだろ？」

「はい、本当にすみません。昼から散々待たせておいて、まだ終わらないなんて」

申し訳なさそうな顔をする陣乃を見て、思わず笑った。

陣乃らしいといえば、そうかもしれない。焦らされたぶん、あとでたっぷりサービスさせてやろうなんてイタズラなことを考えながら、ここは聞きわけのいい大人を演じることにする。

「俺のことは気にするな。今日は住むところを見つけてきたんだ。小物なんかも買い揃えたしな。ちょうどよかったよ。それより、お前飯は？」

「コンビニのおにぎりで済ませました」

「そうか。俺は旨い和食を喰ったぞ」

「『魚辰《うおたつ》』ですか？　あそこいいでしょう？　昼時もランチのために二時間ほど開けるんで、よく行くんですよ」

言いながら自分の机につき、万年筆などを取り出して仕事の続きをする準備を始める。

「なんなら先に俺のマンションで待ってますか？」

「お前の仕事が終わるまで、ここで見てるよ。それとも、気が散るか？」

「いえ、そんなことはないですけど、申し訳なくって」

「少し酔いを醒ましたいしな。ソファーで寝てていいか？」

「ええ、どうぞ」

陣乃が資料に目を通し始めると、事務所はシンと静まり返り、本のページをめくる音と、時折万年筆を走らせる音がする。

昔から、竹刀《しない》を握った時の集中力はすごかったが、今もそれは変わっていないらしい。気にならないと言われるといささか複雑でもあるが、黙々と資料を読み続ける陣乃の姿は目の保養になる。

蘇芳は、机に向かう陣乃を、ソファーに寝そべったままじっと眺め始めた。

短く切り揃えられた襟足《えりあし》。そこからのぞく、白いうなじ。禁欲的で、だからこそ汚したくなる。昔と同じ背中を持つ陣乃を見ながら、蘇芳は満たされた気分になっていた。

こうして好きな相手を、ただじっと見ていられる幸福。

思えば陣乃と初めて躰を重ねるまでは、こんなふうにマジマジと眺めたりはできなかった。自分に向けられる陣乃の視線に気づきながらも、相手はまだ子供だと言い聞かせていた。

贅沢《ぜいたく》な時間だ。

そんな思い出に浸《ひた》りながら、まどろみに誘われて目を閉じる。夢に出てきたのは、懐かしい日の記憶だ。

蘇芳が陣乃を初めて部屋に連れてきた日。

あの日から、蘇芳の忍耐の日々が始まった。薄々自分の気持ちに気づきながらも、なんとか言い訳をして誤魔化《ごまか》してきた蘇芳が、はっきりと己の中に眠る獣《けもの》の正体を知った日でもあった。


その日、蘇芳は大学のサークルの飲み会に陣乃を連れていった。

あまりにも自分に心酔《しんすい》している後輩に、真実を見せてやろうと思ったのだ。慕ってくれるのは嬉《うれ》しいが、過大評価されるのも虚《むな》しい。せっかくの信頼を失うのも辛いが、普段の自分を見て蘇芳も普通の男だと思われるなら、それも仕方がない。

だが、蘇芳の思惑は見事に外れてしまった。

(飲ませすぎたか……)

陣乃が自分のベッドで寝息を立て始めると、蘇芳は勉強机の椅子に座り、その姿をじっと眺めた。

「ガキ……」

あまりに無防備な姿に、つい小さく吐き捨ててしまう。先ほど陣乃が囁いた言葉が、蘇芳の耳にこびりついていた。

『俺、あの女嫌いだ……』

拗《す》ねたような口調。飲み会の間中、蘇芳の隣を陣取っていた女性に対する言葉だ。

陣乃があんな物言いをするなんて、初めてだった。

いつもまっすぐに自分を見据《みす》える後輩が見せた新たな一面に、蘇芳は戸惑いさえ覚えている。今日の陣乃は、明らかに自分だけを見ていた。

遠くから感じる陣乃の視線。

あれは、嫉妬だ。

嫉妬に狂う女のような目をする陣乃に、蘇芳は優越感を抱いていたのだ。だから、わざと好きでもない女とべたべたした。女と仲良くすればするほど、その視線を強く感じた。

サディストの気などないと思っていたが、陣乃を苛めるのは愉しい。

泣かせてみたくなる。

竹刀を交える時、手加減などまったくしないのは、陣乃ほどの腕を持つ相手にそれができないというのもあるが、他にも理由がある。

陣乃の挑む視線に、ぞくぞくとするのだ。普段は自分を慕い、尊敬の眼差しを向ける癖に、竹刀を握らせると挑戦的な目をする。あんな目をされると、徹底的に叩きのめしたくなるのだ。自分の前に跪《ひざまず》かせて、力の差を見せつけ、ひれ伏させてみたくなる。

我ながらなんて奴だと思うが、それほど陣乃に対する想いは、特別なものになっていた。

(お前、俺みたいなのがいいのか……?)

蘇芳は、心の中でそんな疑問を投げかけていた。陣乃が思っているほど、立派でも強い人間でもないことは、自分が一番よく知っている。

(本当に、お前は厄介《やっかい》な奴だな)

蘇芳はタバコに火をつけ、それを咥《くわ》えたまま煙を吐いた。陣乃のうなじを見ていると、狂暴な気持ちが湧き上がる。

まだ大人になりきっていない陣乃。その細い首にそそられた。学生服の白いシャツが清清《すがすが》しくて、それが逆に形容しがたい色気のようなものを漂わせていた。

妖艶《ようえん》な女の色香とは違う。まだ熟れていない果実のような存在が持つ、青臭くて、ほんのりと香る色香だ。何色にも染まらぬ者を自分の手で汚したい――そんな気持ちにさせる誘惑の香。

いっそのこと、このまま襲ってしまおうかと思った。

しばらく寝息を立てる陣乃を見ていたが、おもむろに自分の股間に手を伸ばす。

そこはすでに半勃《はんだ》ちの状態になっており、自分がどんなに浅ましい獣なのか目の当たりにさせられた気がした。部屋は間接照明しかつけていないが、何をしているかはすぐにわかる。そんな危険を冒してまで、確かめたいことがあった。

硬く屹立《きつりつ》したものを握り、上下にゆっくりと擦り始める。

『道場以外のところでの蘇芳さんも、知りたいです』

自分にだけ向けられる、信頼の眼差し。尊敬の念。憧れ。

それらを思い出しながら、少しずつ淫《みだ》らな妄想の中へと身を沈めていく。

陣乃を組み敷く想像は、簡単だった。

地稽古《じげいこ》のあと、陣乃が面を取った時に見せる頬を紅潮《こうちょう》させる姿にちょっと手を加えると、それはベッドでのことに繋《つな》がった。酒を飲んだ陣乃が先ほど見せた姿も、その手助けになった。

うっすらと染まったうなじは、そこに歯を立ててくれと誘っているようでもあった。無自覚に自分を誘う十六の少年に抱くのは、明らかに性的な欲望だ。

(彰之……)

蘇芳は頭の中で陣乃を深く貫き、その細い躰を存分に揺さぶった。あ、あ、あ、と声を小刻みに漏らされる陣乃は、どんな女よりも扇情《せんじょう》的でエロティックだ。

いつもストイックに竹刀を握り自分に向かってくる陣乃がはしたなく脚を広げ、自分を受け入れて

啼《な》く姿は、蘇芳を思っていた以上に興奮させる。細い首に歯を立て、欲望をつきたてる想像をしながら、微かに眉をひそめ、手の動きを早くした。

そして、やってくる絶頂。

「……っ」

下半身をぶるっと震わせ、蘇芳は迫《せ》りあがってくるものに身を任せた。興奮が少し収まると、咥えタバコのまま自分の手にほとばしった白濁をじっと眺める。

「はっ、マジかよ……」

蘇芳は鼻で嗤った。

まさか、いくらなんでも陣乃をオカズに抜けるとは思っていなかったのだ。最後くらいは女に置き換えるつもりだった。だが、蘇芳の絶頂を促したのは、紛れもなく陣乃だ。

しかも、イクまでにタバコを一本を灰にする暇もなかった。

(洒落《しゃれ》になんねーって……)

何も知らない陣乃が目の前で寝息を立てているのを見て、たまらない後ろめたさに見舞われる。だが、同時に自分の手でそれを教えてみたいという気持ちも芽生えた。

今頭の中でしたことを、陣乃に、する。

それを想像しただけで、再び中心が硬くなっていくのを感じた。

抵抗するだろうか。「見損なった」と言って、自分を罵倒《ばとう》するだろうか。

そんな陣乃を力ずくで奪うのも、悪くない。

そういった想像をしているうちに、蘇芳は自分の思考が危険なほうへと向かっていることに気づいた。いつか本当に取り返しのつかないことをやってしまいそうで、妄想を頭から振り払う。

(駄目だ……。こいつは、まだ子供だ)

その視線がどんなに真っ直ぐに自分に向けられていようが、決して犯してはいけないものもある。

陣乃の気持ちは、思春期の熱病だ。

蘇芳はそう自分に言い聞かせ、己の中に芽生え始めた気持ちを押し殺していた。


「……さん、……蘇芳さん」

自分を揺り動かす手に、蘇芳はハッと目を覚ました。覗き込んでくる陣乃の姿に、ここが陣乃の事務所だったことを思い出す。

(なんちゅー夢だ)

何年も胸にしまい込んでいる思い出を覗かれたようで、気まずかった。あれは今でも陣乃には言えない秘密として、厳重に鍵を掛けているのだ。

「もう終わったのか？」

「すみません。お待たせしてしまって……」

蘇芳は、ゆっくりと身を起こした。ソファーで寝ていたためか躰が固まっており、肩を二、三度回して伸びをする。

「今何時だ？」

「十一時過ぎです。喉渇くでしょう？　どうぞ」

「ああ、サンキュー」

ミネラルウォーターを手渡され、それを一気に飲み干した。酒を飲んだせいか、冷たい水がやたら旨い。もう一杯貰い、それも一気に空《から》にして帰る準備をする。

「本当にすみませんでした。結局一日無駄になっちゃって」

陣乃は事務所の明かりを消しに行こうとするが、堪《こら》えきれずに後ろから抱き締めた。

「どうしたんですか？」

「お前が足りない」

「本当にすみません。お待たせして」

「おう。死ぬほど待ったぞ」

蘇芳は、陣乃の首筋に顔を埋めた。

懐かしい匂いだ。誰もが持つ、人それぞれの体臭。微かに香るそれを肺一杯に吸い込み、陣乃が今、自分の腕の中にいることを感じる。こんなふうに自分の腕に抱けるなんて、幸せでどうにかなりそうだった。このまま、しばらく陣乃を独占したい。

「腹減ってそんな気分じゃないか?」

「いえ」

陣乃は蘇芳が回した腕をそっと解き、躰を反転させて向き合う格好になった。

「俺が、何も感じずに仕事をしてたと思ってるんですか?」

言いながら、自分から唇を重ねてくる。思いきりディープなキスで応えてやると、陣乃も自ら蘇芳の舌を吸い、積極的に躰を寄せてきた。

どれほどこの時を待ったことか。

「ん……、……ぁ……、……ふ、……ぅん」

ひとしきり求め合ったあと唇を離すと、陣乃は微かに目を潤ませ、口許を緩ませた。悪戯《いたずら》っぽく笑う陣乃は、欲望を抑えきれずに急く子供を宥《なだ》めるようで、余裕がある。自分より歳下だというのに、この色香はいったいなんなんだと思う。

陣乃にこんな顔をされると、理性が吹き飛びそうだった。

「実は今、食欲より性欲のほうが勝《まさ》ってるんです」

耳を疑いたくなる言葉に、蘇芳は陣乃を凝視した。

今、蘇芳たちがいるところは明かりが消えているが、陣乃の机があるところはまだ皓々《こうこう》と蛍光灯がついている。

鼻や唇の凹凸《おうとつ》が作る影。

光と闇が混在する場所で見る陣乃は、言葉では形容できないほどの色香を滲ませていた。

「今日は、俺が満足するまで放しませんから、覚悟してください」

先ほどまで仕事をしていた時とは、まるで別人だ。

オアズケを喰らった犬のごとく、おいしそうな匂いを漂わせる極上の食事を前にじっとお許しが出るのを待っていたというのに、陣乃もあんな澄ました顔をしてその実躰の中で熱を燻《くすぶ》らせていたというのか――。

そう思うと、ますます気持ちが昂《たかぶ》ってくる。

「お前が、そんなことを言うなんてな」

「嫌ですか？」

「嫌なもんか」

蘇芳の答えが合図になった。

陣乃は自ら進んで目の前に跪き、下から誘うような目をしてみせると、蘇芳のズボンのベルトに手をかけてそれを外し始めた。静まり返った事務所に、カチャカチャと音が漏れる。

「……っ」

「じっとしててください」

「彰之……」

次に、焦らすようなゆっくりとした手つきでファスナーを下ろした。

こんなことをされると、いやでも期待に胸が高鳴ってしまう。

陣乃が蘇芳のズボンの前をくつろげると、下着の上からでも張りつめているのが十分にわかるほどそそり勃っていた。しかも、先走りで下着が少し濡れている。

それを見た陣乃は、指で先端に当たる部分を撫でて、おもむろに下着の中から取り出して愛撫《あいぶ》を始めた。恥ずかしげもなく、自分のそれにむしゃぶりつく姿に、これから抱く相手に襲われる興奮というものを覚えている。待ち切れないと言いたげな陣乃の姿に、健康な大人の男を長い間放っておくことが、どれだけ罪なのか思い知らされた気がした。

「蘇芳さん。今日は、……放しません、から……」

恋人が、貪欲《どんよく》に快楽を求める獣に変わる瞬間――。

グロテスクに怒張したものを率先して口に含んでみせる陣乃に、自分がこの歳下の恋人の手のひらの上で転がされているような気分になった。まるで、歳上の女に弄《もてあそ》ばれているようだ。

陣乃のどこに、そんな妖艶な色香があったのかと驚かずにはいられない。同時に、自分だけに忠誠を誓うような一途さも感じられた。

念契《ねんけい》という関係を望んでいた頃の陣乃も、まだここにいる。

「そんなに、おいしそうにしゃぶるな。お前、サービスよすぎだぞ」

陣乃は屹立を舌で愛撫したまま視線を合わせたが、蘇芳の言葉など耳に入っていないようで、再びうっとりとした目をしながら喉の奥まで咥え込む。そんな陣乃の髪の毛を手で梳《す》きながら、なんて卑《ひ》猥《わい》な光景なんだろうと、蘇芳は目許に興奮の証《あかし》を浮かべながら恋人を凝視していた。

尖らせた舌先で先端のくびれをなぞり、裏すじを舐《な》め上げ、全体を含んで吸い上げるようにしてみせては再び部分的に悪戯をしてみせる。時折、手でギュッと根本を摑むタイミングも絶妙で、本気で浮気を疑いたくなるほどだった。

急に己の猛《たけ》りで陣乃を責め苛《さいな》みたいという欲求に駆られ、やんわりと髪の毛を摑んで自分の股間から引きはがしてやった。すると、まだしゃぶり足りないというような名残《なごり》惜しそうな目をする。

「あ……」

唾液《だえき》が糸を引いているのを見て、爆発しそうになる。

「先に射精しそうだよ」

「しても、いいんですよ?」

「馬鹿、そんなわけにはいくか。お前に翻弄されるばかりってのもな……」

苦笑しながら言い、再び後ろを向かせて机に手をつかせた。スーツの上着はそのままに、スラックスを膝までおろして、わざと尻だけを剝き出しにさせる。そして「今度は自分が……」とばかりに、用意しておいたジェルをポケットから取り出して後ろに塗りたくった。

滑りがよくなったのを見計らい、蕾《つぼみ》を指でほぐし、徐々に中へと埋め込んでいく。

「……ぁ、……ん……っ！」

「狭いな」

「ぅ……っく、……はっ、……ぁ……」

「ずっとお前のことを考えてたよ」

「おれも、です……っ。ずっと……あなたが、帰国する、のを……、待ってました……」

はしたない格好をさせたかった。陣乃を穢《けが》したかった。先ほど、顔に精液をぶちまけてやればよかったと、今さらのごとく思ってしまう。

「あっ、……っく、……ぁ……っ」

意地悪く攻めると、陣乃は机の縁をぐっと掴んだまま、少しずつ膝を落としていった。そろそろ自分では立っていられなくなったのだろう。

そんな反応も、蘇芳を悦ばせた。もっと、乱れさせたいと思う。

「はぁ……っ、……ぁ……あ……っ」

「浮気はしてないだろうな」

「……失礼、ですね。あなたが……いないから……っ、ずっと……一人で、やってたのに」

「後ろもいじったのか？」

「さぁ、自分で……調べてください」

挑発的な言葉に、リードされるばかりじゃないぞと、ジェルを足してわざと濡れた音を立てながらさらに中を掻き回してやった。

「ぁあ……ん、……んぁあ……、はぁ……っ、あ！」

固く閉じていた蕾は次第に柔らかくほころび、吸いつくように収縮を始める。なんて淫乱な躰なんだ……、と思いながら、蘇芳はさらに火を放っていった。面白いほど素直に返ってくる反応に、この躰をもっと調べ上げてやりたいなんて気持ちが湧き上がってくる。

隅々まで、余すところなく、陣乃の躰を開発して自分の色に染めてしまいたい。

「いい格好だぞ」

「あなたのためなら、どんなことでも……、して、あげますよ」

「俺が欲しいか？」

「はい。挿れて、くださ……」

後ろを振り返りながら尻を突き出してねだる姿に、とうとう理性が吹き飛んでしまう。

「彰之……っ」

たまらず、蘇芳は自分をあてがった。先ほどたっぷりと弄ばれたせいで、そこは隆々としている。

これで陣乃を深々と貫きたい——。

激しい衝動に突き動かされ、蘇芳は獲物の首筋に嚙みつきながら、ほとんど犯すような性急さで奥まで腰を進めた。つらいのか、机の端を握っている陣乃の手にギュッと力が入る。

「ぁあ、あ、——ぁああ……っ！」

切なげな掠れ声。

指でほぐしたとはいえ、躰を繋げるのは二年ぶりだ。男女のようにはいかず、苦痛に喘ぐ恋人の手に、自分の手を重ねた。

「……っ、……はぁ……っ、……っく」

「……つらい、か？」

「いえ……、いえ、……いいんです。お願い、ですから、……続けて、くだ……、——ぁあ……っ」

切れ切れの息をがつらそうだが、自分を抑えることができず、ジェルを足してゆっくりと引き抜くと、もう一度深く収める。

「あぁ……」

今度は少し楽になったようで、吐息に甘さが混ざった。

机にしがみつくような格好で、しなやかに躰を反り返らせる姿に、蘇芳は凶暴な気持ちになっていた。さらにもう一度引き抜き、ゆっくりと収めて反応を窺《うかが》う。

「蘇芳、さ……っ、蘇芳さん……っ」

陣乃は、急速に色づいていった。自ら尻を突き出して、もっと突いてくれとねだる。

こんなふうにされて、自分を保てというほうが無理だ。もっと責め苛んで、啼かせてみたいというサディスティックな欲望が、ジワジワと広がっていく。

「どうだ？」

「すごく、イイ、です。ぁあ……、……ん、　はぁ……っ」

「どこがいい？」

「全部、……全部、イイ、です。……もっと、好きに、して……くださ……っ」

「そんなこと言っていいのか？　手加減なんかしねぇぞ」

「いいんです。いいから……、あっ、あぁ、……ん、……あっ！」

首筋を嚙むと、蘇芳を咥え込んだ部分がキュッと締まった。軽い痛みによがり、悶えるさまはどんなはしたない言葉で誘われるよりも、そそる。

「嚙んで……くださ、……そこ、もう一度、……嚙んで」

言われた通りに首筋に歯を立ててやると、ますます蘇芳を締めつけた。

「あぁ、……ぁ……、も……イかせて、くださ……」

「まだだ。ゆっくり、俺を味わえよ」

「蘇芳さん、――蘇芳さん……っ」

「ゆっくり、だ」

我慢できない、と訴える陣乃の凄絶《せいぜつ》な色香に酔いしれながら、それでもなんとか自分が主導権を握ろうと、ギリギリのところで理性を働かせる。

もっとじっくりと、陣乃を味わいたいのだ。すぐに高みに行きつくようなことはしない。

「ぁあ……、……っく」

「そうだ。上手いじゃないか。ゆっくり、じっくり俺を喰ってみろ」

焦らせば焦らすほど色づいていく恋人を味わい、さらに胸の突起をきつく摘《つま》むと身をよじらせながらイイ声で啼いた。欲しがる獣は、なんて淫らなのだろう。

「そんなにイイか?」

「変に、なり、そうです……っ、んぁ……っ、俺……、変に……」

「――俺もだよ」

「中で、出して、くださ……っ、おねが……」

自分の奥を濡らしてくれとねだる恋人に、さすがの蘇芳も限界を超えた。理性を失い、リズミカルに腰を打ちつけはじめる。

「あ、あ、あっ」

腰の動きに合わせて漏れる声は、陣乃の気持ちそのままに濡れそぼっていた。男のものとは思えない、艶のある声。しかし、女のそれとも違う。

蘇芳は、陣乃という存在を噛み締めながら、存分に恋人を揺すった。

翌日、蘇芳は陣乃のマンションのベッドルームで朝を迎えた。

事務所で深く愛し合ったあと、二人はタクシーで陣乃のマンションに向かい、シャワーを浴びてまたすぐに抱き合った。二年分の空白を埋めるような、濃密な一夜だったことは言うまでもない。

自分でも、こんなに続けてできるものかと感心するほど、やり狂った。

「おはようございます」

「……ん？」

眠い目を擦りながら声のほうを見ると、陣乃がクローゼットの鏡の前に立ち、ワイシャツの袖《そで》のボタンをとめているところだった。

「もう仕事か？」

「はい。蘇芳さんはまだ寝ていてください。合鍵も用意してますんで、出る時はそれ使ってくださいね」

「そうは言ってもなぁ」

「いいんですよ。日本に帰ってきたばかりなんですから。少しはゆっくりしてください」

ネクタイを結ぶ陣乃は、仕事をする男の顔になっている。

昨夜とのギャップに、苦笑するしかなかった。

セックスの最中は、陣乃のほうが女の立場で躰を重ねているというのに、まさか自分がベッドの中から男がネクタイを結ぶ姿を見せられることになるとは思っていなかった。

しかも、同性から見ても、時折時計を気にしながらスーツに身を包む陣乃は、いかにも仕事がデキる男という感じがして惚れ惚れする。男前だ。

痴態《ちたい》を晒《さら》してくれた時とは、まったく雰囲気が違っていた。

だが、昨夜の娼婦のような陣乃は確かに存在するのだ。貪欲に男を欲しがる陣乃は、その中に息づいている。そう思うと、自分だけが知っている顔があることに満たされた気分になった。

「じゃあ、行ってきます」

スーツの上着を羽織って支度を終えた陣乃は、昨夜のことなどどこ吹く風といった顔で寝室を出て行こうとする。しかし、蘇芳が何か言いたげにしていることに気づいたのか、ふと足をとめた。

「……なんです？」

「いや、別に」

早く仕事に行け、と促すが、陣乃は一度戻ってきて耳元で囁く。

「今夜は早く帰りますから、大人しく待っててくださいね」

「！」

含みのある言い方にドキリとするが、言った本人は澄ました顔で仕事に向かう。

これではまるで、新婚夫婦のやり取りだ。

寝室のドアが閉まり、一人になると、ポツンとベッドに残された蘇芳は「俺は新妻扱いなのか？」と自問した。あれは、紛れもなく夫の帰りをじっと待つようにという、甘い命令だ。

もちろん、蘇芳相手にそんな態度を取った人間は初めてで、蘇芳は思わず笑った。

あとがき

皆さん、剣道はお好きでしょうか？　剣道王国Ｑ州出身の中原です。

剣道、いいですよね。ストイックに己の内を鍛練する姿がたまりません。凛とした立ち姿の美しさは筆舌に尽くしがたく、日本人に生まれてよかったと思うのであります。

地元では毎年七月に柔道と剣道の大会が行われているのですが、試合当日はＨ駅・Ｔ駅周辺は防具を抱えた高校生たちで溢れ返っておりまして、剣道好きな私をワクワクさせてくれます。防具を見ただけで大コーフンでございます。勿論、変な意味ではなく……。

字は違いますが、作中に出てきた剣道大会と同じ名前ですので、興味のある方はぜひ一度試合を見に足を運んでくださいませ。生の迫力を味わって頂きたい。

それから、今回剣道と共に大きなテーマであったのは、男前淫乱襲い受でございます。

男は襲って受けるべきです！　それが真の男前というものです！　攻を押し倒してスーツをひん剥いて自分から乗っかって、攻があわあわとなっているところをがっつり頂いてしまう男前な淫乱襲い受が書きたかったんです！

昼間はストイックな男が、夜になると飢えた獣と化して襲って受けるのって素敵じゃないですかっ！（力説）

あとがき

や、ヘンタイですみません。

男前淫乱襲い受の素晴らしさが、読者さんにも伝わっているといいのですが……。

ちなみに「夜は、獣」ですが、澄ました顔をしている攻が、実は受さんを見ながらハァハァしているというのも大好きで、蘇芳視点で書かせてもらいました。初めは予定にはなかったというのに、スケジュールがヤバいにもかかわらず、担当さんの口車に乗せられて書いてしまいました。いや〜、すごく楽しかったです。心底満足。

それでは最後に、お世話になった方々にお礼を申し上げたいと思います。

挿絵を担当してくださった小山田あみ先生。素敵なイラストを本当にありがとうございました。もう色々エロすぎて言葉になりません。今度ぜひ飲みながら男前淫乱襲い受について語り合いましょう。あと筋肉のエロさについても……。

それから担当様。いつもご指導ありがとうございます。毎度毎度改稿の多い未熟者ですが、なんとか作品を仕上げることができたのは、担当様のおかげでございます。

最後に、読者の皆様。私の本を手に取ってくださり、本当にありがとうございます。この作品から、剣道と男前淫乱襲い受の魅力は感じて頂けましたでしょうか？　感想を聞かせて頂けると幸いです。

それでは、またどこかでお会い致しましょう。

中原　一也

LYNX ROMANCE

秘書《ひしょ》の条件《じょうけん》、社長《しゃちょう》の特権《とっけん》

中原一也　illust. タクミユウ

898円（本体価格855円）

超潔癖性でクールな美貌をもつ白尾蓮は、『鴉屋ダイニング』社長・鴉屋宗二の秘書をしている。超不真面目な鴉屋だが、親から継いだ会社を大きくしたり、部下から慕われたりと優秀な面ももっていた。恩人である彼の父親からの頼みともあれば、そんな鴉屋からセクハラをされても、白尾は我慢して支えようと考えていた。しかし、専務である叔父の孝次朗が現れ、白尾の不注意で手帳が一時期盗まれるという事件が起こり……。

LYNX ROMANCE

月下《げっか》の秘《ひ》めごと

中原一也　illust. 有馬かつみ

898円（本体価格855円）

皇太子・春楊は、ある夜、密かに抜け出した東宮の庭で赤みがかった瞳の男と出逢う。男の名は孝先。火眼虎の異名を持つ禁軍兵士だった。閉塞的な生活の中、誰もいない庭で月を眺めることを心の慰めにしていた春楊は、突然現れた男に恐れと興味を抱く。そして強引な孝先に引きずられるまま逢瀬を重ねるうち、彼の不器用な優しさに惹かれていく。だが皇帝が毒殺されたことにより運命が大きく変わり始め……。

LYNX ROMANCE

君《きみ》がこころの月《つき》にひかれて

六青みつみ　illust. 佐々木久美子

898円（本体価格855円）

町人の葉之助は両親を亡くし、陰間茶屋に売られようとするが逃げだし、津藩主藤堂和泉守隆継に拾われる。隆継を一途に慕い、下働きから隆継の側小姓にまでなった葉之助だが、同僚の罠にかかり藩邸を追い出されてしまう。生きる気力を無くした葉之助が選んだ道は死ぬことだった。腹を切り、瀕死の葉之助を救ったのは、幼なじみの吉弥。一命を取り留めたものの、心に深い傷を負った葉之助は、吉弥と共に人生を歩もうとするが……。

LYNX ROMANCE

月《つき》と誓約《せいやく》のサイレント

桐嶋リッカ　illust. カズアキ

898円（本体価格855円）

吸血鬼や狼男などの魔族が集う聖グロリア学院に通う森咲日夏。魔女と人間の血を引く日夏は一族の掟により、狼男と魔女のハーフである吉嶺一尉と婚約した。婚約披露パーティーが近づく中、二度と会えないと思っていた日夏の父が突然現れる。同性との婚約を反対された日夏は、婚約を許してもらうため、魔具を嵌め、二週間、一尉に触れずにいることを父に約束する。一尉に触れたいのに触れられないもどかしさに苦しむ日夏は……。

LYNX ROMANCE

真《ま》昼《ひる》の月《つき》 上 中 下

いおかいつき　illust. 海老原由里

898円
（本体価格855円）

同僚の裏切りが原因で刑事を辞めた神崎秀一は、祖父の死を機に大阪へ生活の場を移す。相続した雑居ビルに住もうと赴いた一室で、秀一はヤクザの若頭・辰巳剛士と出会う。強烈な存在感を放つ辰巳だが、秀一は臆することなく接するため、彼に気に入られる。数日後、傲慢な辰巳は秀一のためにと、部屋を勝手に改装し、その見返りとして体を求めてくる。秀一は手錠をかけられ、強引に体を押し開かれるが――!?

LYNX ROMANCE

記《き》憶《おく》の殻《から》

桜木ライカ　illust. 水名瀬雅良

898円
（本体価格855円）

殺人を犯し、罪の露見に怯える小児科医・元貴は、共犯である先輩医師の日坂に身体の関係を強いられていた。自分に異常な執着をみせる日坂との関係に疲弊しきっていた元貴は、院内で行われている薬の横流しを捜査中の刑事・梶原と知り合う。夜毎悪夢に苛まれていた元貴は、優しい抱擁と求める言葉をくれる梶原に癒され救いを求めるようになる。だが、日坂に疑いをもつ梶原が、元貴を利用するために近づいたと知ってしまい――。

LYNX ROMANCE

狼《おおかみ》伯《はく》爵《しゃく》 ～永久のつがい～

剛しいら　illust. タカツキノボル

898円
（本体価格855円）

撃たれた狼を助けた獣医の良宏。ある夜、狼は美貌の男へと変貌し、番となる同族の良宏を探していたと告げる。その男・カイルは狼伯を継ぐ者として生まれ、儀式を経て人狼となったという。驚愕する良宏だったが、言われるまま逞しい体に噛みつくと甘美な興奮を覚えた。さらに番の証だという体だけでなく心までも繋がる〝同調〟によって、深い悦楽を教えられる。己に眠る人狼の血に目覚め始めた良宏だが、人狼ハンターが迫り…。

LYNX ROMANCE

瞳《ひとみ》をすまして

杏野朝水　illust. やまがたさとみ

898円
（本体価格855円）

聴覚障害のため、音が聴こえない大学生の登和。過保護な兄と優しい友人に守られる日々を送っていたある日、モデルをしている滋人と知り合う。明るく社交的な滋人と過ごす時間は楽しく、彼の存在が登和の中で次第に大きくなっていった。一方で滋人が自分に構うのは同情ではないかという不安を抱くようになる。滋人への恋心を自覚した登和は、誰にでも優しい彼の「特別」にはなれない現実に心が痛み、距離を置こうと決意するが…。

この本を読んでの
ご意見・ご感想を
お寄せ下さい。

〒151-0051
東京都渋谷区千駄ヶ谷4-9-7
(株)幻冬舎コミックス　小説リンクス編集部
「中原一也《なかはらかずや》先生」係／「小山田《おやまだ》あみ先生」係

リンクス ロマンス

愛は憎しみに背いて

2008年6月30日　第1刷発行

著者……………中原一也《なかはらかずや》
発行人…………伊藤嘉彦
発行元…………株式会社　幻冬舎コミックス
〒151-0051　東京都渋谷区千駄ヶ谷4-9-7
TEL 03-5411-6434（編集）
発売元…………株式会社　幻冬舎
〒151-0051　東京都渋谷区千駄ヶ谷4-9-7
TEL 03-5411-6222（営業）
振替00120-8-767643
印刷・製本所…共同印刷株式会社
検印廃止

ISBN978-4-344-81353-3　C0293
Printed in Japan

幻冬舎コミックスホームページ　http://www.gentosha-comics.net